鹦鹉暂停刷牙

黄金狗 著

西北大学出版社

图书在版编目(CIP)数据

鹦鹉暂停刷牙/黄金狗著.— 西安:西北大学出版社,2023.5
ISBN 978-7-5604-5130-5

Ⅰ.①鹦… Ⅱ.①黄… Ⅲ.①中篇小说—中国—当代 Ⅳ.①I 247.5

中国国家版本馆CIP数据核字(2023)第084564号

鹦鹉暂停刷牙
YINGWU ZANTING SHUAYA

作　　者	黄金狗
出版发行	西北大学出版社
地　　址	西安市太白北路229号
邮　　编	710069
电　　话	029-88302590　88303593
网　　址	http://nwupressnwu.edu.cn
经　　销	全国新华书店
印　　装	陕西博文印务有限责任公司
开　　本	787 mm×1092 mm　1/32
印　　张	5.375
字　　数	88千字
版　　次	2023年5月第1版　2023年5月第1次印刷
图　　片	8幅
书　　号	ISBN 978-7-5604-5130-5
定　　价	49.00元

本版图书如有印装质量问题,请拨打电话029-88302966予以调换。

目 录

收了个快递
不是我,又是我。全都是一样的。 ——不思凡《小米的森林》

爱了个姑娘
我只配这样活着。 ——龙套演员

吐了口羊肉
向他们说你不同意。不要喊,不要笑。就说:不。 ——萨特《阿尔托纳的隐居者》

破了点皮
狗的叫声也咬人。 ——拉蒙·戈麦斯·德拉·塞尔纳《珠唾集》

排了个队　　079

一个人越难找,他就越可疑。 ——本雅明《巴黎,19世纪的首都》

上了回当　　103

对于一座城市,你所喜欢的不在于七个或七十个奇景,而在于她对你所提出的问题所给予的答复。——卡尔维诺《看不见的城市》

扔了个垃圾　　143

本来就不能永远在一起还不天天在一起。 ——王朔《新狂人日记》

附记　　153

收了个快递

不是我,又是我。全都是一样的。

——不思凡《小米的森林》

在你之前，生活在本颗星球的全体人类都算上，这件事只有三个人知道。

不过"全体"是多少人，只有其中的两个知道。

剩下那个，是被另外两个选中的，全世界最自认倒霉的人。

他四肢发达，心律平稳，是只旱鸭子，爱吃空心菜。

他是这本书的主角，显而易见。到刚刚为止不算标点刚好一百个字。他在连名字都没有被交代的情况下暴露了过多隐私。等下，也不能这么说。如果一个人，先被假意热情地贴满标签，随即又被通知自己只是个无名小卒，你说他是该责难原本不顺溜但起码连贯的生活被刹开分块儿呢，还是要感恩虽然被暴力打扰但幸好因为没名而不至于连小癖好都被放大发酵呢？

不重要了，这又不是境遇第一次对阿狗不礼貌，他才懒得介意。自认倒霉，是阿狗好不容易找到的，放生活一马的手段。

你认识那种，开始只是因为不善言辞，慢慢甚至怀疑自己立场的倒霉蛋吗？

但他可算不上是个坦然的人，他有内伤。大多数时候他打心眼儿里不认同对方，但口头上确实怼不过。他逃避一切主动的正面刚，可如果撞在面门上，也能支棱着对付几句。每一次速战速败过后，阿狗都会在打扫战场时送给对方一首片尾曲……会厌不情愿地抬起，一口闷气从喉咙升腾，小舌抖了几下，硬腭也没拦住，舌尖被推搡着一个劲往外冲，幸好上下齿足够稳重，紧紧搂在一起，于是那句"去你大爷的"，就成了一声瞪着眼睛的呼噜，婉转地完成了抗议。

可是，"往事会翻篇儿，李子会变干儿"[1]，阿狗会在一个阳光明媚、懒得出门的上午收到一个快递。两下咚咚，接一下砰；这是快递小哥和这栋楼二十一层住户之间的默契。五十平方米 loft，在房间的任何角落都听得见敲门声，但如果在楼上的卧室就不一定能立刻下来开门签收。"砰"，是快递盒落地的声音，也是阿狗继续倒头赖床的信号。

---

[1] 摘自：吉列尔莫·卡夫雷拉·因凡特《三只忧伤的老虎》(范晔译，四川人民出版社，2021年)。

但是今天不同。阿狗噌地一下冲下楼，打开门，用脚后跟磕了一下地上的快递盒，余光甚至瞄到了快递小哥正在转向电梯间的雄浑背影。纸盒很小，翻滚了半圈就越过门槛进屋了。这时的阿狗并不知道这个快递有什么特别，但隐隐感觉不太对劲。下单之后，每天登录平台三次追踪物流信息是阿狗的强迫症作风，毕竟很少有什么事能给他如此尽在掌握的快感。可他今天没有快递要到啊。

通常收到一个，不是自己买的东西，但收件人又明明是自己的快递，剧情大概可以分两种走向：一种走向爱情，一种走向案情。阿狗没什么爱慕者，巧克力玫瑰花一类的浪漫就甭想了；可他也没仇人啊，不至于吧。

阿狗一边儿琢磨一边儿找来剪刀，他捡起这个六面体拿在手里转了一圈儿，就是那种普通到懒得形容的褐黄色瓦楞快递纸盒，没有任何 logo，也没贴快递单，那快递小哥怎么知道这个是给他的？这就多少有点蹊跷了。但这类事情在他的认知中属于技术问题，他才懒得想。他倒是蹲在地上脑补了几秒，美滋滋地幻想是谁送的，那可真是段快活又欣悦的时光啊，可惜短暂。

"我可真是变着花样儿地倒霉啊，已经到了收快递不显示寄件人的程度吗？"嗯，这种思考方式才是阿狗的常规操作。

他拆开纸盒。里面的东西扁扁的,用手一捏,软软的;被一层银色金属亮面反光防水锡纸包着。撕包装纸的时候,阿狗格外急躁,因为每年只有教师节那天去参加师门晚宴之前,阿狗才不得不在花店忍受几十秒由于触碰这种材质而产生的,仿佛来自四面八方的刺啦声。

一只口罩滑落下来。就是一次性外科口罩,独立包装,超市里面六十块钱一百只那种。不过只有一只。

"这是买啥送的赠品吗?还大费周章寄个快递?"阿狗从不碰彩票,甚至连凭购物小票参与的免费抽奖都自动略过;因为他不相信自己配得上任何从天而降的幸运。哦,除了有一次聚会分国王饼[1],阿狗吃到了十二分之一的饼里藏着的小瓷人,大概只有小拇指的一半那么大,脸小到只容得下两颗黑点和一条细红线当作五官;披着一件深蓝色的长斗篷,头顶的一坨橘色,兴许是头发吧,也可能是帽子。按照游戏规则,阿狗被大家七手八脚地戴上了随国王饼附赠的纸壳王冠,当上了"一日国王"。

"国王快点吩咐吧,要我们干什么?"

---

[1] 国王饼,法国的传统糕点,杏仁奶油馅酥皮饼,每年1月上市。一个叫作"Fève"的陶瓷小雕像会被藏在饼中,吃到的人为当天的"一日国王",可以命令其他人做事情。

"允许我把这玩意摘了,然后消停吃饭。"

"切……"

学不会助兴的阿狗。

当然,他也很排斥诸如买一送一、补赠礼品这类舍近求远的绕路。可是跟口罩一起滑落的,还有一块手掌大小、薄薄的铜牌,"叮"的一声掉在地上。阿狗捡起来。铜牌的正面密密麻麻刻了一些字,背面粘着一块软磁铁,怎么形容呢,一枚信息丰富的冰箱贴吧。

阿狗住的房子是租的,连锁品牌公寓。如果在墙上钉钉子或是粘贴钩,退租时是要扣押金的,所以如果有什么重要到得经常提示自己的东西,要么存在手机备忘录里,要么……没有第二个要么了,阿狗目前还没有这种需求。因为在他看来,写在便利贴或是白板上的东西未必就是怕忘了,也可能只是必须反复核实。然而反复核实一些自己亲手列出来的东西,可见对这东西也未必多诚心喜欢。不过话说回来,如果有什么是必须被经常看到的,做成冰箱贴(尤其当冰箱摆在门口时),倒是个清奇且体贴的思路。

阿狗迷迷糊糊地把冰箱贴上的字从头到尾看了一遍。与其说神秘感,不如说恶作剧。"什么乱七八糟的!"阿狗啪的一下把它甩在冰箱门上,转身上楼睡回笼觉。留下铜牌上等待被应验的刻字……

"哲学家召唤"口罩,阿狗先生专属。

适用于与人交谈时,所有你不认同又怼不过对方的时刻。它将为你召唤一位哲学家,两千年前的、两百年前的、昨天刚刚过完生日的。他们平时各说各话,但这次来都是为了帮你,所以他们会以你的口吻讲话。无论这听起来有多荒谬,我们都希望你能先试试。不要花精力调查我们是谁,在成为我们中的一员之前,你不会得到答案。

使用说明:
1. 医用标准,可自洁,可重复使用。
2. 防水、耐磨、耐高温,属于其他垃圾。
3. 可乘机、免充电、离线使用。
4. 无开关,佩戴后自行启动。
5. 每次口罩发出声音时,佩戴者将失声,需等待声音结束后5秒方可摘下,若中途打断,口罩将永久作废。
6. 关于口罩的一切不可告知他人,也不能转赠或借出试戴,否则将永久作废。

哲学家的高明不在于能解释世界，而在于能说服自己。

这是一份邀请，我们确信你不会拒绝，预祝使用愉快。

阿狗一觉起来已经到了中午，他点好外卖，刷了刷微博上关于象限仪流星雨[1]的热搜，然后慢悠悠走下楼。银色的包装纸和没拆封的一次性口罩还躺在地中间。他捡起口罩拿到冰箱贴面前看得正出神，电话响了，外卖已到楼下。阿狗顺手撕开口罩外面的透明包装，戴好去取餐，电梯里也没碰到其他人。

阿狗家有个三开门衣柜，柜门的把手是三个小圆球，平时外出回来阿狗就会把刚摘下的口罩挂在这里，昨天的在挂着，前天的也还没丢，今天的顺手也挂上了。但就在挂上去的一瞬间，阿狗莫名觉得哪里有些刻意，明明应该是几乎一样的三只蓝色一次性口罩，为什么最后这只有种说不清道不明的别扭？

他撅着屁股观察了半天，发现问题出现在口罩两侧的弹力挂绳上。前两只口罩的弹力挂绳呈"C"字形固定在

---

[1] 国际天文联会唯一的一个用不存在星座来命名的流星雨。

长方形面罩的边缘；而新来的这只则是一个躺着的"8"字形，或者说是一个无限∞的符号；而由于口罩上的弹力挂绳具有一定的宽度，所以左侧的那个圆环其实是个莫比乌斯环，但这些都不是阿狗看出来的。其实为了防止"C"字形的挂绳套在耳朵上太松，好多人都习惯把"C"多转一扣，变成横"8"再套在耳朵上，地铁上但凡多观察一下，一点不稀奇。但这是只新口罩啊，在阿狗之前不应该有人对它做过这个动作，况且两个圆圈的连接处是固定在一起的，且左右两侧对称，这明显不是偶然，而是口罩设计者的良苦用心了。

和那种大刀阔斧的改变所带来的冲击感相比，阿狗总是更容易被细节打动。他觉得这只口罩是特别的，它有本事让自己不那么合群，但这种特别又不浮夸，它耐得住性子等待被辨认出来。阿狗有点喜欢上它了，喜欢就愿意给予信任，试试就试试，他嘟囔了一句。

爱了个姑娘

我只配这样活着。
—— 龙套演员

大约每一个半月，阿狗都会去一次剧场，去同一个剧场。频率保持半年多了，但这习惯的开始其实是个意外。

阿狗在出版社工作，周围的朋友不少都是文化行业小头头，收到一些电影首映礼、话剧首演的赠票也算日常。"渣子虎"[1]是他的铁瓷，双鱼座。半年前某个月的最后一个周六，渣子虎喊阿狗来看部儿童剧，叫《迷宫》。理由是编剧也是双鱼座，惺惺相惜。演出七点半开始，约了六点半剧场见，那儿有个咖啡厅，想在进场前坐着说会儿话。

阿狗六点就到了，他总是这样：少则半小时，多则一小时；不是迟到，是早到。第一次来这个剧场，进门左边是一个开放式咖啡店，右边是一个开放式书店。两边区域共用一些木质桌椅。一张宽大的长条桌摆在正中央，足可以围坐十几个人，还有五六张小点儿的正方形咖啡桌随意地摆在几排书架间的过道里。如果坐在长条桌旁，就会无

---

[1] 纯属虚构。肯定不是：胡珍珍，身份证号：52×××。

遮挡地正对着吧台；可如果坐在咖啡桌旁，并且调整好角度，就能既让视线穿过书架隔板的空隙看到吧台，又能借助书脊们的紧密团结很好地隐蔽自己。阿狗爱极了后一种，但这是后话。

今天这场是阿狗主动约的，收到所谓的什么"哲学家召唤口罩"半个多月了，这是他第一次戴上出门。盘算着，"聊聊看吧，反正跟这货是三两句话就会不对付的关系。口罩要是真有心证明自己，我也算尽力给机会了"。毕竟在这个世界上，能用来检验不可"理"喻事情的机会不多了。

其实阿狗不是不好奇。这半个月来，他的精神状态可以用"宁可信其有，不可信其无"来形容，跃跃欲试倒计时中。但是"不怕一万，就怕万一"，如果铜牌上的话都是真的，那么初次使用势必是巨大的冒险，对手必须慎重挑选。即便只是恶作剧，渣子虎无疑也是最肥沃的试验田。

"按疫情要求，请您佩戴好口罩。"立在剧场入口处的防疫提示牌今天分外可爱，"谁都别想让我摘下口罩！"阿狗像是一只明确了该变成什么颜色的变色龙，大环境带给他安全感，小情绪总归还是忐忑。

他点好吃喝就端着餐盘挑了张书架间的小咖啡桌坐下，平视过去的隔板上摆着《死无葬身之地》和《文字生涯》，都是三十二开本的小书，立起来高度刚好；刚好和上一层隔板构成足够的缝隙，让阿狗的目光可以穿过，他是在确认，上一次来这里以及下一次还会来的理由：她是这里的咖啡师，叫 Perlumi，别在围裙上的名牌这样写的。

阿狗想起半年前第一次进店：

"一个牛肉可颂三明治，谢谢。"

"不好意思，这个现在做不了。"

阿狗又从头到尾浏览了甜品单。

"那换成蔓越莓司康吧。"

"司康有，巧克力的行吗？"

"行。再要一杯热拿铁。"

"司康要加热吗？"

"要。谢谢。"

"好的，稍等。一共五十一。"

阿狗站在一边等出餐。"女士，您的芝士巴斯克好了。"Perlumi 招呼坐在远处的客人。芝士巴斯克是阿狗最喜欢的甜品，和蒜蓉空心菜一样，几乎是他看到就一定会点的食物，所以他很确定刚刚的甜品单上没有这道。

"不好意思，能把我的司康换成巴斯克吗？"

"不行先生，我已经开始加热了。"

"但是甜品单上没有这道啊,如果有我就会点了。"

"好像忘写了,那怎么办呢,您吃完司康再点一次喽。"

阿狗不是一个爱较真儿的人,但关乎食物的问题除外,对"吃"有点儿执念。他觉得她是不是起码应该加句抱歉?菜单上的食物不提供,能提供的食物不写在菜单上,无关巨细,这也应该算是工作疏忽了吧?但她凭什么摆出一副和和气气又事不关己的态度?

就是这种时刻!又来了又来了!阿狗被卡在不满和怼回去中间动弹不得。但是这一次他居然有了一个刚弹出来就立刻被自己嘲笑回去的想法:"哲学家召唤口罩"会帮我吗?

想法一出,阿狗不自觉抽了一下鼻腔,无声冷笑。"早就知道是假的了。"他觉得自己完全没有失望的感觉,反而像是一盏忽明忽暗不停闪着的灯终于彻底灭了,踏实安心。他到底没有回怼任何话,和之前的每一次一样。端着拿铁和热好的司康,他坐在长条桌的一侧,微博刷着特别关注里的金广发,一个拍无厘头短视频的相声演员,把能指和所指的偏差玩到炉火纯青的人。视频里的"媒体朋友"总是被请来评评理,主角金广发和杨力大仙会因为误吃对方剩下的盖浇饭、冒充演员和对方女朋友排感情戏、抢剧场的第一排座位,等等等等的一地鸡毛吵得脸红脖子粗。但结局从来没有谁说服了谁。

在某些场景中,憨憨的杨力大仙会有操着京腔猫着腰说"对不住对不住"的戏份,阿狗的口头禅是"不好意思不好意思",那种把表示道歉的词重复好几遍的态势和杨力大仙有点像,就好像量变能带来质变一样。因为不相信自己的话有足够的分量,所以只能通过重复来达到一次完成不了的效果。

可是,"道理"真的能说服人吗?什么样的人会被另一个人的"道理"说服呢?如果一个人最终被"说服"了,真是因为认同了对方的道理吗?

阿狗想不明白。但此时让他呆坐着出神的其实是另一个念头:"我刚刚是有一瞬间蠢到想让'哲学家召唤口罩'来帮我吗?我怕不是个这么好骗的傻子吧?"

嘿!我想问问刚读完一个"嘿"字的聪明的你,如果这份快递掉在你家门口,你会怎么做?让我来猜猜:兴许有人直接丢掉,毕竟天上的馅饼,掉在地上就容易砸成陷阱,有风险;兴许有人连铜牌上的说明都不会读完就和其他口罩混着放在一起,促销把戏,有经验;也有人……说不定还真有人直接相信并满怀期待,或者起码抱着试试看的心态。就像《极地特快》中,因为口袋破洞而把铃铛落在圣诞老人雪橇上的小男孩克劳斯，多年以后，他最终失去了可以分享甜美铃声的朋友们，包括他的妹妹；因为他们都长大成了爸爸妈妈，兼"圣诞老人"。或许彼得·潘真的是对的，所谓长大，是在浪费时间。

无关口罩，不涉铃铛，这是个相信什么的问题。上帝死了，没？

阿狗从未相信过彩票，却在一瞬间相信了口罩，这听起来就不太聪明。当然他会有自己的一套"自认倒霉"的解释方案，但那绝不是选中他而不是别人收到口罩的原因。

彩票，于阿狗而言，是一块封闭、无趣、公认有利可图的铁板。中奖或不中奖，大奖或小奖；对他来说，就如同邻居家的桌子椅子和酱缸：它们存在在那，但与阿狗无关。阿狗无心把想法安放在上面，因此，他所相信的那套逻辑系统无法为他与这件事的关联推演出理由和辩护。由于他站在彩票的外部，于是它便只是存在，没有奥秘。

那么口罩呢？从他在铜牌上看到"阿狗先生专属"几个字开始，这场独一无二的双向奔赴就被不可遏止地抛入世界了。读到这里你会不会想问："真有这种口罩？该不会是阿狗幻想出来的吧？"憋会儿再问，起码等看完全书再复盘吧，在这儿问太冒昧了，不合时宜。其实别说你，连阿狗都问过自己这个问题,好几次早上爬起来第一件事就是跟跟跄跄跑下楼确认,是不是真的有一只口罩的弹力绳上被打了结。翻过来掉过去地看,终于腻了,他信了。

真实的东西与想象的东西能不能区分开?这等于在问感知到的对象和想象出来的对象有什么区别。阿狗在三十年的自认倒霉生涯中,难道就没有一次想象过天降神力,辅佐自己成为毒舌中的王者吗?倒也不是没有过。只是但凡是想象出来的东西,它的内容都是"贫乏"的,是建立在欠缺基础上的。

例如我们在青春萌动时臆想了个完美伴侣,双眼皮、很幽默、爱嘟嘴……尽管所有关于这些特征的想象都取材于我们经验过的那些人,但当我们通过想象,用意识把它们拼凑、加工成一个新的理想目标时,它便只能如此,否定了变成其他样子的可能性。也就是说,既然现实中并不存在这样一个人,那么我甚至可以轻而易举地回答你这个人有多少根头发。毕竟随意估个数字出来有什么难的呢。

就如同我们把一个包好馅料的面团放进烤箱,一百八十摄氏度,在接下来的十五分钟里,探头探脑等待着……它想必会是这样的苹果馅饼:酥皮松脆又层层分明、水果切块酸甜软糯……它不是一个如其所是的面团。它是一个欠缺烘烤的面团，是一个弓着背驮着我们期待的面团。想象出来的对象，像是一个侠客，在经验和期待的夹壁之间折返跑。

可感知到的对象就不同了。全部的细节突然而至。在真实的情况下，确定性只是一种可能。如果那个完美伴侣确有其人，那么，无论头发浓密或稀疏，虽然在数量上都有一个确定值，不过那个值却是我们无从知晓的。但作为一个客观的存在，它每一次面向我们展现自身时，都可能带给我们无穷的感知经验，我们就是知道那个人的头发是什么样的，清清楚楚地看到过每个侧面，与数量无关，就像是最终成型的苹果馅饼，它的酥皮的确很酥脆，但分层也没那么明显，馅儿也的确酸甜软糯，但这种简单粗暴的形容又根本无法穷尽复杂的口感。

所以，如果你问阿狗是怎么确定，这只口罩的特别是真实存在的，而不是想象出来的，那他也不见得知道该怎么回答你。他见过它，摸过它，而且马上就能验证它了。

"就算被骗，也不丢人吧？往铜牌上刻我的名字也需要成本的，起码说明我还有点儿人缘呢。"说白了，和确定的已知相比，阿狗更偏爱开放性的未知。因为他懒得钻进任何标签，他相信的，不是本质，是存在。他相信口罩是独特的，其实是因为相信自己是独特的，和相信三三得九一样确凿，这样才显得配套。

阿狗迷迷糊糊地出了会儿神，渣子虎到了。他坐在阿狗对面，拍了一本奥古斯托·蒙特罗索的《黑羊》在桌上，顺便把桌上的另一本《斯万的一次爱情》拉到自己面前。

"到多久了？"

"半辈子。"

"去你的吧！"

这是阿狗开的玩笑吗？够拙劣的。但如果是时间开的玩笑呢，是不是就有点高明了？前面因为一直在琢磨自己对口罩的相信源自何处，阿狗觉得好累哦。脑袋里对自己行为的各种不理解像润滑油没上足的齿轮一样，阻塞着扭结在一起不停摩擦，"刺刺"冒着火星儿；他觉得时间过了好久好久。说真的，这问题要是什么不熟悉的人问，阿狗完全可以回答"半小时"；客客气气的纯一的物理时间。这种时间是不带任何感情色彩的，它介质均匀地流过所有人，用一以贯之的节奏，后一秒取代前一秒。为什么"飞矢"会"不动"？因为在本质上，这种时间被空间化了，一个空间与另一个空间是可以彼此隔绝独立的，可时间也行吗？

至少此刻，对阿狗来说，不行。这不是他开一局王者荣耀大拇指僵硬的半小时,也不是路跑配速五点二七,膝盖发酸的半小时。这半小时像是从过去膨胀而来,从养成阿狗性格的很久之前的过去,绵延到此刻,并且还会继续咬住未来。这样的时间,具有旺盛的生命力,以至于……"不能说它们之中某一状态终于何处,另一状态始于何处"[1]。

所以阿狗才不是抬杠,他只是在信任的人面前很真诚地表达了对时间的感觉而已,一种绵延的节奏会随着人的心理状态而改变的、深度思考后会加剧疲惫感的、边界模糊的时间。

渣子虎撕开外包装的塑料膜。

"看看今儿给我带啥了。呦嗬!普鲁斯特!对我挺有信心啊!"

"新出的,能看!你试试!从《追忆似水年华》里边独立出来的中篇。"

"嗯。我这本里有一只想当讽刺作家的猴子。和你上次跟我吐槽的、就你负责的那个畏首畏尾的译者有点像。作者是危地马拉人,你爱的拉美风。"

"所以夏宇的诗集到底什么时候出啊?等着看呢!"

---

1 参见:柏格森《形而上学导言》(刘放桐译,商务印书馆,1963年)。

"那你得问杨师傅。应该快了,他说要卖到二十万册,等着瞧。"

三十岁左右的两个男生碰面,聊酒聊球聊工作的有,聊书聊片聊展览的估计也不少吧。前者涉及的内容,阿狗和渣子虎半斤八两;后者则势均力敌。所以他们向来是取长补短,行不从径。

"是她吗?"渣子虎背朝着吧台,右手搭在左肩膀上,幅度轻微地伸出食指。

"嗯。"

"你看上人家什么了?"

"短发,话不多,蛋糕烤得爆好吃。"

"你可真浮浅!"

"对呗,不然你觉得我能是什么有深度的人吗。"

"感觉你是个挺难确定心意的人啊,总犹犹豫豫的。这次咋这么果断?"

"其实我原本也没觉得多喜欢。但有次我来得特别早,店里没什么人,很安静;她跟同事开玩笑说'我想辞职,去非洲流浪'。"

"然后呢?"

"你知道我听完的第一反应是什么吗?"

"啥?"

"我在想该拎哪个行李箱。"

"啥玩意?说啥呢?"

"就是,当我听说她要去流浪,第一反应不是我要不要辞职,要不要陪她去;而是家里好几个型号的行李箱,去非洲我该拎哪个。"

"区别在哪?"

阿狗笑笑没作答。不只是后一个问题,从渣子虎问他喜欢 Perlumi 哪儿开始,他就在敷衍。不是想瞒着哥们儿什么,而是此刻他也只给得出这样的答案,他还需要捋一捋。

与其说他对 Perlumi 是一见倾心,不如说是一见生厌。人家都说物以类聚,可阿狗觉着,他之所以常常不得不自认倒霉,罪魁祸首就是总和自己相克的那类人聚。阿狗一度认为,"借口"是高情商的一种实用技术表达。小朋友踢到了桌腿,家长抱抱孩子说,是桌腿坏坏;各种家庭教育节目中惯用的反例。可如果放在成年人之间的交往中呢?起码是阿狗擅长选择的处理方式。他大概会跟客人说,不好意思,今天同事请假了,我一个人有点忙不过来;或是后厨刚刚才说能做巴斯克,我还没来得及写……总之,他会找一个听起来过得去的借口。在阿狗看来,只要借口一出口，对他自己，以及对方，都会轻松许多。借口，其实是一种态度，就是笃定地把当下发生的事情要么归因于偶然性，要么归因于外部的历史；总之就是要把它变成某种异己的东西，要把它跟自己拉开距离。一旦这么做了，双方很容易两马一错镫，事儿就了了，且都不用为此负责。

偏偏 Perlumi 什么借口都没找，这让阿狗像是站在屋顶上，眼睁睁看着梯子被撤掉，无助又气愤。博尔赫斯说："我们避而不谈的东西像极了我们自己。"阿狗以为自己是讨厌 Perlumi 的，因为她的表达不够"公共化"。他所认为的公共化，就是惯性地说"对不起""不好意思"。尽管他明知道这不过是一些语词的堆砌，说出这句话的人的真实感受难道是这些语词能表达的吗？说了对不起的人，就打心眼儿里觉得抱歉了吗？

可是不然呢？难道阿狗是在期待 Perlumi 发表什么长篇大论的"罪己诏"吗？显然非也。毕竟语词根本无法跟这世界上的物件或是情感一一对应，我们的语言装不下这份丰富。所以我们不过是在用有限的语词变化组合着去描述物件或是表达情感。想象我们每个人都有一个不透明的盒子，里面不管装没装东西，或是装了什么，我们都把它叫作"甲虫"，且我们互相不能看彼此的盒子。于是我们对于"甲虫"是什么的全部认知都来自那个盒子,即便事实上你的盒子里面装的是一只青蛙,而我的装的是一坨屎,我们都可以用"甲虫"这个语词畅快交流,我告诉你我的甲虫是温热的,你告诉我你的甲虫是大长腿。[1]

这其实是在问一个问题:"语言,到底能不能表达感受?"毕竟每个人对盒子里那只甲虫的描述都来源于各自的感知。你恐怕会问一个问题:"要这么费劲吗?让大家都把盒子打开互相看看不就行了?"没错。如果是一个外在于我们的东西,管它是青蛙还是屎,我们互相看看不就行了。但如果是一个人的感受或情绪呢?谁又能对谁无保留地敞开心扉呢?就算你真的愿意这么做,"想法"要怎么让对方知道?还不是靠语言? 你吹过印度洋的海风,也在布鲁日的圣血教堂对面吃过白葡萄酒炖青口,然后回到故乡的海边小城,跟还在上初中、从未离家过的弟弟说:"还是家门口这片海最美。"弟弟回答:"是啊,这片海是全世界最美的了。"你们都听懂了对方的意思,可似乎也只是半心半意地懂了。

---

1 参见:维特根斯坦《哲学研究》(陈嘉映译,上海人民出版社,2005年)。

在阿狗看来,"真诚"并非是成年人之间互相体谅的充要条件,惯性使然的"对不起",即这种敷衍的语词才是。

我们,大概就是从区分出自己和他人,学会了所言非所感,或是可感不可说开始,才变孤独的吧。

"语言是网,世界是海,一网下去海水就会从无数网眼泄出。"[1]

但你以为是阿狗喜欢这样吗?他只是习惯了而已。如果问Perlumi在阿狗眼中的第一印象,迟钝、不谙人情;所以他以为自己是讨厌她的,但他其实只是不习惯而已。"'我不喜欢它'——'为什么?'——'我胜任不了它——有谁这样回答过吗?'"[2]

阿狗在Perlumi的身上找不到他习惯了的套路,或者说,她没有把自己的世界让给套路。于是最初的一点点反感迅速转换成巨大的吸引,阿狗开始对她好奇,也对她背后的那个——没被圈养的世界好奇。他觉得他对那个世界只有零点五倍的理解,可又觉得,大概一点五倍都不止。

他喜欢上她了。

---

1 摘自:王朔《和我们的女儿谈话》(北京十月文艺出版社,2016年)。
2 摘自:尼采《善恶之彼岸》(赵千帆译,商务印书馆,2015年)。

他明知道按自己惯常的判断，像 Perlumi 这样的处事方式很容易得罪人的，但他好像豁出去了，偏偏想跟她一起惹是生非。

只是这种掰开揉碎的分析方法只适用于事不关己的吃瓜群众，身处其中的人，只想着一件事：早点松开含着的刹车。毕竟后来他追到她，凭的也不是什么井井有条的理性。

看完剧出来，往地铁站走。

渣子虎问阿狗："所以，你觉得她现在对你算有印象吗？"

"难说。一场演出上百观众出出进进的，何况我又不是天天来。"

"大哥，那你是没长嘴吗？你不会说啊？"

"这有什么好说的。"

"拉倒吧，反正你本来就这德性，对前女友也是。"

"我怎么样？"

"窝囊呗。别人恨不得做一分吹成十分。你呢，又没让你邀功，就是把自己为人家做了啥表达出来行不行？让人家知道行不行？你啊，你本质上就是个吃哑巴亏的人。"

"算了，随便你怎么想吧。"

嚯？怎么了怎么了？阿狗刚刚的这句话居然被消音了！

是真的！大概有那么三秒，他甚至逐渐加大力度连续喊了几声"喂"，都没有任何声音传出来，还没等他这股劲儿过去，就感觉口罩稍稍收紧了一下，同时温度也从常温变到微热，阿狗低着头不敢看渣子虎，像是提前检讨自己尚未执行的阴谋。

"即便你这样说我，我也不会说你本质上就是个爱归纳总结别人本质的人。"

这句话是用阿狗的声音说出来的，但它不是阿狗说的。口罩终于开始展示自己了。这对阿狗来说是一种很神奇的体验，他第一次在跟别人说话时，比对方更好奇自己接下来会说出什么。

"啊？"

如果有一个计量单位是专门为比一比人们的惊讶程度准备的，那么此时，渣子虎这一方的数值不见得会输给阿狗。前者是因为自己这位"算了""行吧""随便"不离嘴的兄弟居然能如此立场鲜明地讲出这么长一句反对自己的话，后者当然是因为……连口罩都能讲话了。

"我不是什么吃哑巴亏的人，我也没有任何你能归纳出来的本质。为什么要预设一个死气沉沉的本质套在活生生的人身上呢？我又不是一棵菜花，形状固定、静止不动。

我除了是自己认为的这样以外,什么都不是。"[1]

"是吗?那你告诉告诉我,如果你身上没有什么本质的东西,为什么每一次你犯的错误都一模一样?既阻止不了前女友离开,也不敢追求新的感情。你能说这每一次都是你的选择导致的,而不是性格里的某种惯性?"

"当然不是。如果我今天抱着一大束玫瑰花来表白了呢?明天你会不会就认为我是个浮夸的人?所以你所谓的本质,不过是我的一串行动的总和,我可以随时通过下一个行动改变它。也就是说,只要我愿意,下一个行动既可以随时保持方向,也可以随时变换方向,这能叫惯性吗?就像玻璃本身是易碎的,但你看到一块玻璃碎了,总不能说使它碎裂的原因是因为它易碎,对吧?"

"好好好,那既然改变随时都可以发生,你为什么不去做呢?是什么困住了你不去行动?"

"没有什么困住了我。作为一个有自由意志的人,我存在在这个世界,能够意识到这个世界,当然也能通过意识导致行动对这个世界发生作用。但是这并不意味着我此

---

[1] 参见:萨特《存在主义是一种人道主义》(周煦良译,上海译文出版社,2012年)。

前的意识和现在的意识之间存在什么因果关系。也就是说，如果有如果，我的意思是，假设真能倒退回上一次的分手现场，我也不是因为被什么困住才那么做的，我在当时也依然可以选择不那么做。"

"可以选，但你偏不选。最后跪在马桶边上，连哭带吐，我没理解错吧？这就是你追求的自由选择是吗？这样的自由选择能带来什么好结果？有什么意义？"

"是。没有什么好结果。也没有什么意义。前提是，如果你指的结果和意义是追到某个女孩，跟她结婚的话。因为那是偶像剧的结果和意义，但不是生活的。对我来说，生活是荒谬的，而且充满了可怕又无法逃避的真相。站在我的角度，或许可以看到一些家庭圆满、事业丰收的'十全十美'人类，他们在我的面前似乎拥有着极致的快乐，但我很清楚那只是我一厢情愿的想象，建立在对他人想象的基础上，我是不可能建立一套自己的、真实的、有价值的生活的。那是一种对自己的愚弄和欺骗。她跟我分开了，或是她暂时还没接受我的追求，这就是我所处的生活状态。妄想这种生活状态可能是另一种生活状态，就是在对不可能的事抱有徒劳的希望。"

"好，按你说的，你喜欢一个女孩，在一起不是结果，结婚也没意义,一切都是想象,都是虚无,对吗?行啊,超然物外了啊兄弟!那你巴巴地对人家好是干吗呢?"

"我没有说一切都是虚无的,我就不是个虚无主义者。只不过意义不是外在于我的,也不需要期待他人如何配合、成全。追女孩的意义也好,生活的意义也罢,说到底都是我选择的赋予自己的存在以意义。西西弗每天把大石头推上山顶,眼看着它掉下来再推上去;奥雷里亚诺·布恩迪亚上校每天做两条小金鱼,凑够二十五条就放到坩埚里熔化重做[1],够无聊吧?我们能做的事情看起来比他们丰富太多了。可是仔细想想,有真的高级多少吗?如果把时间刻度调到足够大,对任何人来说,都会最终输给死亡对吗?人生,原本就是一场我们谁都赢不了的愚蠢游戏。但是我们可以耍赖啊,因为我们有一种难能可贵的自由,就是可以制定专属于自己人生的游戏规则。"

"听起来特别有道理,您把自己的人生都说圆了。但我还想问问你,你就只考虑自己对吗?你就不在乎对方怎么想吗?"

---

1 情节取自:加西亚·马尔克斯《百年孤独》(范晔译,南海出版公司,2011年)。

"不是不在乎，而是我压根儿无从知晓他人真正的想法。你也可以理解成是太在乎了，在乎对方是怎么想我的。我当然会因为自己的做法感到抱歉、羞愧，等等，但这些感觉其实是我把对方的视角施加在自己身上的结果。这种施加不仅发生在相互接触的过程中，甚至还会延伸到我的想象里：'她肯定会埋怨我吧？我在她心里特别懦弱吧？'于是，我是个什么样的人，如果我自己想知道这个问题的答案，反而要通过他人作为中介。我能得到的答案只是在他人眼中我是个什么样的人，是冷酷的、浪漫的、值得信赖的？如果不跟他人发生关联，我是不会产生这些对自己的判断的，不会有骄傲，也谈不上羞耻。所以是他人，部分地决定了，我应该成为一个什么样的人。那么接下来我就有 A、B 两个选项：要么全然不管他人的想法，自顾自想干吗干吗，我不知道这世上有没有人能做到，至少我做不到；要么不遗余力地控制别人对我的好印象，去迎合、去讨好，去怂恿别人爱我、尊重我，我也做不到。所以我只能选 C，去挣扎、去平衡。"

"那我就不明白了，喜欢 Perlumi 是谁强迫你的吗？默默在一边守着人家，算故意讨好吗？主动追求人家难道不是你自由选择的吗？既然如此，做一点可以推进彼此关系的事情有什么不对？你所谓的他人，都是你真心喜欢的人，或许你的几句挽留或者表白就会让情况发生质变，为什么不呢？何况无非是让你这个闷葫芦在双方都心知肚明的关节点上送束花说点什么，能有多困难呢？"

"可能就像你说的，当我们被问到做过什么觉得后悔的事情时，难免回想出一些节点，如果当时做的是另外的选择，是不是一切都会变不一样。虽然这样的事后假设无聊至极，可是如你所说，在那个节点上如果我做了非顺其自然的事，是不是就可以让已经萌生想要离开我的念头的女孩决定再将就一下，让原本还在犹豫中的女孩决定先答应我试试呢？这些在你看来算是质变吗？我不确定。但是有另一件事我很确定，就是无论他人对我产生了何种情绪，爱我、敷衍我、依赖我、怕我、怨我……都是他人自由选择的结果，对于这个结果，或者说对于这些情绪会在我的身上停留多久，我都全然无法控制。那么反过来说，但凡我想要让他人爱我久一点，依赖我多一点，我就需要违背自己作为主体的一些意愿去迎合他人。也就是说，我的做法不一定真的对他人产生什么影响，但是一定会把自己变成一个不自由的客体，变成为他人而存在。这样一种，用把自己的部分自由让渡给他人的方式换回来的关系，内部就会一直压抑着对立。为了一时的貌似圆满，将自己置于不自由的境地，进而又把长久的对立埋在两个人的关系中，你说，这事还该做吗？"

"不该做，如果你是这么自私的一个人的话。但你又想没想过，如果你一直固执己见，不肯为他人作出妥协，上一段关系怎么结束的，下一段关系是不是还会以相同的方式结束？还是回到我最开始问你的问题，那么接下来，你就准备把这样的错误，当然我知道你现在也不把它当错误了，总之就是这样的情况一次次重复下去而不寻求改变吗？你不会腻、不会累的吗？"

"我也不知道该怎么解释。但我想，起码我遇到的每个人都是截然不同的吧，和我打交道的是每一个具体的人，而不是贴着同一种标签的人群或是人类，总归不至于腻吧。其实刚刚你问我为什么喜欢 Perlumi，我没想明白，胡乱回答的。现在被你这么一追问，我感觉自己反而想明白了。因为第一次见面她做了一件让我不开心的事，可是她没有因为我是客人就找借口、表现出愧疚来挽回。我一度把这理解为是自私和低情商的表现。但我现在觉得，那才是一个人对他人、对世界的责任感。当一个人的自我不够稳固，也就是说，当他自己都无法确定自己是谁的时候，反而给了每一个路过的人以定义和指教他的机会。我喜欢她,觉得她很酷。"

"呵呵,今天的你也挺酷的,酷得不对劲了都。很尖锐、很冷血。之前我嘴上老是调侃你,说你跟个倒霉蛋儿似的,从来不懂维护自己,但偶尔逮到机会笑话笑话你,或是替你出个头,也觉得挺有乐趣。人嘛,交朋友,也不图对方有多高明,自己爱犯灯下黑的错,可站得远点也能给别人提供巧思,或多或少相互帮衬着。我一直觉得咱俩也是这样。但说实话,今天的你让我挺意外。我突然发现你特通透,从没有过的、让我无地自容的明白清醒。"

"朋友间是需要相互帮衬的,或者说人是需要被帮助的,这本身就是一种带有特殊的目的性的情绪。当这种情绪产生,意味着我们已经没那么关心一件事、一段关系在客观上是怎样的,而是通过自己的情绪将周遭的世界组织起来,并赋予其我们认同的意义。这种意义仅存在于想象中,但我们却乐于被其欺骗。我们在故意地自我欺骗。自我欺骗不是说要对自己说谎,因为人是不可能做到对自己说谎的。打王者农药(荣耀)你能一个人用两部手机,左手安吉拉,右手后裔,然后故意放水,让一边输给另一边,接着假装一切公平,达到自己做了手脚而不被自己发现的地步，有可能吗？'事实上，说谎的本质在于：说谎者完全了解他所掩盖的真相。'[1] 听起来是不是有点愚蠢，但真的很奏效，但凡当我们想要逃避责任或是指责他人的时候。"

"你今天话可真不少。行吧，你说的都对。我呢，也不想用'好赖不分'这词儿形容自己兄弟，只能说，你开心就好。走了，拜拜。"

两个人的面前只有一个地铁站入口，只是渣子虎多抢出一步的距离，率先踏入下行扶梯。

微微收紧的口罩自动松开，温度下降。

阿狗没急着跟上去，识趣地绕到旁边，找了个没人的角落，摘下口罩，呼的一声，长叹口气。有点爽。再详细说说，是双重快感吧。

第一重快感，口罩说的那些话，阿狗没那么想过。阿狗能想到的，跟渣子虎也差不多。所以他们以往斗嘴，虽然也会为了面子争个高下，但终究是半斤八两。不开外挂的话，碾压式翻盘当然没那么容易发生。就像是青铜偷了个机会当王者吧，第一次站在高处俯视，快感溢于言表。

---

[1] 摘自：萨特《存在与虚无》(陈宣良译，生活·读书·新知三联书店，2014年)。

除此之外，还有第二重快感，就是阿狗被口罩说服了，很轻松。甭管召唤出的是哪位哲学界人士，话说到这份儿上，阿狗觉得自己被松绑了。所有那些个自己对自己的咬牙切齿，和朋友对自己的恨铁不成钢都变得百无一用。

操作零难度，战斗力爆表。"哲学家召唤口罩"的首秀，阿狗很满意。

吐了口羊肉

向他们说你不同意。不要喊,不要笑。就说:不。
——萨特《阿尔托纳的隐居者》

红酒，小于精酿啤酒，大于鸡尾酒和"去他的"白酒是阿狗关于含酒精饮料的价值排序。所以他家冰箱里常年备着几听"树屋"，但只有一瓶红酒，是几年前他去巴黎索邦大学做交换生时背回来的，八百五十欧。当时国家留学基金委给他每个月的补助是一千三百五十欧，房租七百五十欧。

他尝不出豆子，但收集了几百张星巴克的星礼卡。有每年盛夏的冷萃卡和岁末的圣诞卡，有京绣和羌绣的主题卡，有北京和杭州的城市卡，也有专辑《范特西》的联名卡。

无理同上。他也不垂青酒体，但钟情酒标。木桐是他最喜欢的酒庄，因为法语的 Mouton 有绵羊的意思。木桐酒庄的酒标很多都带有羊的图案，比方说 2000 年——千禧年的"大金羊"：酒瓶通体乌黑色，正中间是一只昂首（瓜子脸）阔步（右脚）的双眼皮金色绵羊。它的颈部和背部呈四四方方的九十度，大长脖子，体态似羊驼；顶着看起来很名贵的卷角，裹着把卷角的形状缩小至五分之一再密密麻麻铺排开的羊毛衫,坦白讲,属于那种牧羊犬都容易看出神的仙气儿颜值。当然周围搭配的年份、产地等文字也都是金色的,且字态松弛,完全没有那种假想中顶级酒庄纪念年份的咄咄逼人的豪横,应该说是规规矩矩的呆萌。

阿狗好喜欢,差一点跟他回家的就是它了,如果他没看到1999年这款的话。千禧年的大金羊虽说活泼,但大体上看还算规矩稳当;1999年的这只可就大不一样了。简简单单的白描手绘,只把脖子以下腿以上的那部分羊毛用彩色铅笔涂成橘色,而且应该是那种班级里比较粗心的小朋友涂的,力度不均导致深浅不一,有些地方还涂到了边儿外。两只前脚着地,两条后腿腾空起飞,洋洋洒洒踹出三个"9",抿着嘴、斜着眼儿坏笑,头上羊角的形状和刚出炉的可颂面包说不清谁学谁。脚底下踩着影影绰绰的一排淡绿色小草。

最喜欢的酒庄是木桐,最喜欢的动画片是《小羊肖恩》,碰到喜欢的皮夹克一定要先确认是不是人造皮(因为很多是羊皮做的),为数不多几次给前女友买口红都刻意避开了纪梵希(因为有小羊皮系列),跟不熟悉的人约饭不会约火锅(因为其他饭店总会有避开羊肉的菜可点)……公司聚餐时,阿狗忌口不吃羊肉,这事儿周围的同事都知道,理由是过敏。至于羊肉过敏是什么反应,没人问过;至于阿狗什么时候发现自己过敏的也没人问过。

当然也有另外的情况,只是太过偶尔。就是人们会对离自己很遥远的某种相似性发生兴趣。比如不守规矩的偏要去撬动滴水不漏的,横冲直撞的白羊座非得想尽办法让保持完美的处女座无可奈何。浓厚的情感可以表现为忠诚,可以表现为炙热,但也可以是无限制的关心,关心的背后其实是好奇,是区别于"不关我事的"的"他会怎么看我"。这听起来实在算不上感人,但人到中年,抛开利益计算,还能激烈地对某人保持好奇,其实已然是力所能及的全部了。

譬如同事间某种"貌合神离"的关系在有些时候是很安全且舒适的,因为在这样的关系里面,大家都足够"自私",五个人能建出六个微信群,以至于没那么关心"忌口"在一个人的成长过程中是如何展现自身的。大家更在乎结果,并愿意为了维持彼此间的和谐而记住这个结果。"逐鹿者,不顾兔",一种因忽略而浮于表面的尊重。

"羊"是怎么变成阿狗的情之所系的?这面临一个要从何说起的问题。那是二十世纪的事儿了。

三岁?也就那么大吧。阿狗跟父母及一大帮叔叔阿姨去草原玩,车停在公路旁边,阿狗直冲了出去,往尽可能远的地方不停不停地跑。广袤无垠的绿色让他感觉到无边无际的自由,没有阻挡,就不会相撞,就不会有痛。而家长们此时也展现出极大的宽容,任由阿狗像野猪般莽撞驰骋在这一大片安全中,纯粹的自由是不需要防备什么的。跑着跑着,不到一米高的阿狗钻进了一个羊群中,他跟它们玩在一起,具体怎么玩的、谁玩谁,实在记不清了。后面的事也是妈妈讲给他听的。家长喊他回车里了,要去吃饭,他跑得太远听不见。于是妈妈走进草原去找他,就看见一只小羊一头把他顶倒,坐在地上。妈妈以为他吓坏了,就赶上去要扶他起来。没想到阿狗只是坐在地上"咯咯"笑,还伸出小手扑腾着要抓小羊。

回到车里,阿狗已经滚成了个泥人,一位不知情的当地市民叔叔问怎么搞的,妈妈爆料说是被羊撞翻在地了。叔叔特大英雄地转过身,掐了一下阿狗肉嘟嘟的小脸说:"没关系,晚上咱们就吃了它!"

阿狗听完倏地一下大脑一片空白,语无伦次地不停重复:"不不不,我不吃,不吃,不吃不吃,真不吃。"汽车发动,顺便用奔赴烤全羊特色饭店的万众期待碾压了阿狗气若游丝的拒绝。

阿狗那天没吃羊肉，尝都没尝，以至后来，直到现在。

你要一个三岁的小朋友自我审视出一套完整的因果逻辑来解释这件事，那可太残忍了，阿狗只会告诉你："我也是羊啊，你们要吃我吗？"他觉得自己和羊是同类，他不怕被羊撞倒，是因为他看到别的羊之间也是这么互相撞的。对他来说，那是一个非常诚挚的"玩耍邀请"，比学校老师组织的游戏更让人放松，不用提防着被摆布。

从小小狗到小狗，这个冗长的不吃羊肉的理由被饶有兴致地讲了很多遍。但它的成立是有条件的：或者是小朋友之间，或者是还被长辈当作小朋友的时候。再往后……当然不吃羊肉也可以有很多理由，比如过敏；比如受不了膻味（这个理由使用时要留神，因为很有可能会被反将一军："那是你没吃到做得好的，你来尝尝这个，保证不膻！"）。这些理由都是"被允许的"，但阿狗给出的理由不行。就像我们从小学毕业之后，"你的水平跟小学生一样"才开始变成一种指责。

后来，也没有很大吧，大概也就是从上小学需要每天和大家一起吃饭开始，初出茅庐没多久的阿狗就极有悟性地意识到"羊肉过敏"这四个字可以在走出家庭的社会交往中，节省掉关于这件事过高的解释成本。

可还是有些个逢年过节，这件事会在家庭大规模聚会时幻化成一条永恒的导火索。那时必定是开胃酒已下肚，小朋友们胡乱塞了两口已下桌玩耍，表达欲发达的两三亲戚（必定是长辈），已在前一轮的"情况排查"过后了解了各家庭成员（必定是晚辈）近一年的长足进步，甭管是新找了工作还是刚扯了结婚证的，都不能在"祝贺"的环节上浪费太多时间。或许是因为赞美和畅想都过于浪漫主义了，不适宜亲戚们表达对人生、对名利、对娱乐圈、对佛学、对国际局势的深刻洞见。令阿狗深表佩服的，就是他们总有办法对绝大部分自己没见过的人和没经历过的事情发表评价。正义凛然和大言不惭的区别甚至不在于经验过与否，哪怕是对援引的出处略作说明呢，都没有。

于是话题总归是要拐回到更适宜发挥的领域中，无非是两大方向：要么往前催，有工作的不一定买了房，结了婚的未必生了娃，反正总有你还没有的；要么往后翻旧账，"你怎么还不知道穿秋裤呢？岁数也不小了还在那耍，老了膝盖疼，有你遭罪的时候！""你现在是不是还不会做饭？外卖都有毒，那玩意能总吃吗？不要命啦？"总之总有你还没改过来的。

亲戚饶过谁？横竖是一刀。更确切点说，随着每一年的成长,你在社会性的层面发展出越丰富的人格,对于某些亲戚而言就越变成一种他们难以把握的"混合",这种混合必须通过解析才能把你还原成他们可以掌控的删减版。删减掉你今年新练大的肱二头肌和读过的让-菲利普·图森,只保留起床不叠被和水果只洗一遍。所以一年又一年,你变了吗?你没有。对积极改变的评价是轮不着当事人听的,那些非偶然出现的,自然也不会一劳永逸地被消除。

在阿狗看来,那句从古至今的经典劝诫:"以后你就懂了"只在一种条件下成立,学了一门新外语。托了没房单身工作稳定的福,飞向阿狗的那一刀比别人的更微观一点儿,而且需要一味药引:一盘不能再多余的烤羊排。

虽然一场气势恢宏的聚会,桌上必定坐着"n"个小家庭,它们平日里"各自为王",不过,一顿年夜饭的操持却通常只能有一个主导者,"一山不容二虎",姑且叫他大大王吧。烤羊排是阿狗所处的、北京市朝阳区某一中等收入、较大规模家庭中的大大王的得意之作。桌上的二十几道菜都是在他的指挥部署下完成的,他是烹饪者,也是监督者;同时他也是开席之后的"话密担当"。所以客人们进屋换好拖鞋后的统一动作就像被装在塑料轨道上的玩具火车,径直从门口驶向厨房,"需要我干点啥?"更准确地说,这是和他平辈的客人们的动作，像阿狗这样的晚辈们当然也少不了要完成的规定动作。

那就是在入座之后，需要利用第一次碰杯和第二次碰杯间隙的十五分钟左右时间，对桌上的菜品进行一一品评。品评有两个要点：第一就是要善于捕捉做法复杂的创意菜，比如凉拌大拉皮里的胡萝卜片儿用了新买的模具，是星星形状的；第二就是对保留菜品要适度地与前一年做比较，凸显进步。这对品评者的词汇量就提出了一定的要求。具体来说，就是"最高级"的不同表达方式，比如"这比饭店做得好吃多了！火候的掌握简直到极致了！这真是我吃过最最好吃的土豆炖排骨！"品评的时候还有一点需要格外留心，就是可以适当避开那些食材昂贵、做法简单、味道鲜美的菜品，比方说清蒸帝王蟹。因为这样的菜多半是其他客人带来的，可以多吃，但无须多夸。这一系列的程序性操作阿狗已经记不清是从什么时候开始熟练掌握的了，从礼貌再变成义务，就挺没意思的。

羊排从腌制到烘烤到在万众欢呼中被端上桌，以大大王为首的一众亲友基本喝到了"墙不走我不走"的境界。

"阿狗，你先来一大口，来来！"大大王率先登台，施展过来人的权威。

"您吃您吃。我不要。"

"费那么大劲烤的,吃一口还能药着你啊?大过年在这挑三拣四的!"

"不是这意思!我从小就不吃羊肉您又不是不知道。今天我给您带这瓶红酒跟羊肉最搭配了,您快吃您的,别管我。"

"这去趟法国回来就是不一样了啊,还拿什么红酒当上借口了,每年都有新说法呢还!"

阿狗猛灌了一口酒,装作被呛得剧烈,沙哑着咳了几下:"哎呀,不行不行,没完了还,我把口罩戴上吧。"

大概是因为酒精作用,阿狗有点上头,他对戴上口罩甚至产生了信念感。口罩收紧和变微热的过程不再让他敏感,反而顺势进入"瞳孔散大"的贤者时间。

"不吃羊肉你能有营养吗?科学上讲每种肉都有自己独特的营养,就得每种都吃点人才能健康。你看人家蒙古族人,总吃羊肉,你看人家身体多健康。再看看你,小脸蜡黄,还有黑眼圈,就是因为挑三拣四,啥啥不吃。"大大王乘胜追击。

"那都过了这么多年,难道我还说些一成不变的话,一点长进没有?倒是您,每年逼着我吃羊肉的理由一模一样,耳朵都听出茧子了,没点创意。"

"你别不知好歹了,这些话外人谁跟你讲?长辈还不是为你好?搞得好像我们有啥恶意一样!你以为你这么古怪,在外面同事背后会怎么说你?人家冬天聚餐吃个羊蝎子火锅,就你不去?一个集体不把你排斥在外?"

长辈们当然不会有恶意。但是他们却长了一双双专门儿挑错、发现"恶"的眼睛。更现实的问题在于,架不住人身上全是"恶"啊。一些个在您这儿不改就是"不给您脸"的习惯癖好,保不齐在别人那儿就是"命给你"都改不了的要害呢?

"就您说的这些里啊、外啊的,我反正分不太清楚。我也不知道究竟是什么让您觉得非此即彼的界限那么迫切,老想着平地起门槛。'皇帝——并不是一种行政官职,而是权威的极端形式。'"[1]

"谁是皇帝啊?你说我是皇帝?"

"我可没这么说,我是说谁竖门槛谁就……"

阿狗说到一半的话突然断掉了,因为口罩失声了。

"谁就怎么样?你说,我听听到底对我有多大意见!"

"我……"

---

1 摘自:阿甘本《例外状态》(薛熙平译,西北大学出版社,2015年)。

阿狗挠了挠头，摘掉口罩，一片混沌。

像是被一群人围在中间打了，是被各种声音打了吧，应该是被不确定性打了。

他已经不记得那天的饭局后来是怎么结束的，他是怎么逃脱的。但他还挺生气的，只是不知道该冲谁生气。你们家装在楼梯间的水表多少年不用理它一次，但还总有冷不丁没停水但不出水了，原来是需要换个电池的节骨眼呢。

"哲学并不提出任何真相，而是圈定真相的场地。"[1]

如果不小心把哲学错认成了那个"大写的一"，觉着它能应对无穷尽的"多"，能把所有的麻烦事儿都打包搞定，那可真够自作多情的了。但这说的不是阿狗，说的是……寄口罩给阿狗的……那一方。

往后继续读你就知道了，这是这本书要讲的全部故事里面唯一一个口罩失灵事件。但它必须存在。

"真相在知识上打洞。"[2]

在有限的形式和结构中，意外降临。

阿狗收到口罩是意外，口罩失灵对寄口罩的人来说，

---

[1] 摘自：巴迪欧《哲学宣言》(蓝江译，南京大学出版社，2014年)。
[2] 摘自：巴迪欧《哲学宣言》(同上)。

也是意外。

　　这里不供应能控制意外的全知全能,大家都只是平等地、自顾自地回收意外过后的痕迹。这其实是我推荐个地方给你和我带你去个地方的差别,降临是不能预先旁观的。

　　如果你问阿狗会不会因为这次意外就不信任口罩了呢,不至于。首先本来就在刚收到不久的磨合期,信任尚未形成;其次此时的口罩对阿狗来说更接近一个需要求证的对象,他迫切地想通过一次次使用,哪怕伴随着意外去了解它。那也不是征服欲,大体来说就是有点登山者的心态吧,喜欢那种通过努力才能获得的风景。

破了点皮

狗的叫声也咬人。

——拉蒙·戈麦斯·德拉·塞尔纳《珠唾集》

收到口罩的第二个月,阿狗因公出了趟差。这不是阿狗第一次来巴黎,但就算比他多来过好多次的人,也未必在这座城市戴过口罩,一切都不一样了。阿狗要在这里待十天,陪甲方来的,逛逛书店,没什么其他的事非做不可。

甲方预订了丽兹酒店。就是《一颗像丽兹酒店那么大的钻石》的那个丽兹,是《刀锋》里艾略特时常出入的那个丽兹,也是储藏室里可以翻出《流动的盛宴》手稿的那个丽兹。受疫情影响,丽兹酒店停业很久,好不容易才恢复过来;不过在酒店门口的旺多姆广场上,弗朗索瓦·佩雷的糕点柜台却一直开门。弗朗索瓦·佩雷是丽兹酒店最爱挂在嘴边的甜品师,他曾经在网飞播出的《卡车上的厨师》系列节目中获得过"世界最佳餐厅糕点师"称号。平时,丽兹酒店的下午茶只在酒店内部提供,精致、浪漫以及贵。疫情期间,弗朗索瓦·佩雷决定和五家酒店合作出售糕点,街边做外卖。

阿狗把甲方送到门口就兴冲冲地去甜品窗口买了个棉

花糖。现场制作,工序复杂,形状大概就是半个拳头大小的哈尔滨索菲亚教堂圆顶,下面插着一根细细的木棍。棉花糖分三层:表皮被喷枪一烤,金黄色、脆脆的,咬下去带一点榛果焦糖味;然后应该用吸的,因为第二层的口感更像软绵绵的液体,再往里面是一颗泡芙,酥皮比一般的要硬一点,很有嚼劲,不腻的香草淡奶油味;内芯是巧克力冰激凌,冻得很结实,含在嘴里慢慢融化。棉花糖的底部为了固定,做了一个巧克力外壳,咔咔咬碎完美结束。用来垫着小木棍、顺便擦嘴的不是纸巾,而是块绣着"Ritz"的布手帕,细节满分。

阿狗给自己订的是间公寓式酒店,准确说不是小巴黎的范围,在勒瓦卢瓦-佩雷市。不过从巴黎圣拉扎尔车站坐远郊铁路L线,三站,到克利希-勒瓦卢瓦下车,其实也就二十分钟。价格便宜,非工作时间离甲方也足够远。

阿狗来过巴黎七八次,后面的每一次都让他觉得是在围绕着第一次打转。爱上巴黎是第一次就发生了的事。之后就以此为中心,不断地杂糅对于上一次的回忆和关于下一次的期许,以至于即便他想到什么在巴黎遇到的事,都很难区分出是哪一次来巴黎时发生的。不过这次有点特别,因为阿狗碰到了一件对他来说,就像是把天文学从占星学里脱离出来、把化学从炼金术里脱离出来那么影响重大的事儿。

阿狗住所旁边两公里有一个小公园,法语直译过来叫"印象派公园"。它是个特别"自力更生"的公园。有一大片草地,不是草坪,有长着芦苇的野塘,还有连着一周去都见不重样的各种动物们。总之,它的存在显然不是为了争取那些爱好杜乐丽花园雕像和卢森堡公园梧桐的"游客"。在巴黎的这几天,阿狗每天下午会来这里跑"7.23[1]"公里,几乎没什么人,偶尔会碰到推着婴儿车的小两口或是心无旁骛挖婆婆丁的中国阿姨。但是动物朋友们就太多了。阿狗那一周的谷歌搜索记录前三分别是:通体灰色的涉禽叫什么?水老鼠吃什么?头部绿色的番鸭都是雄鸭吗?毕竟跟阿狗比起来,它们才是这个公园的常客,甚至主人。

公园只有一个出口,是很简易的那种木质大门,由竖着的一条条木板拼接而成,门闩上挂着一个巨大的生了锈的锁头。公园的围墙也是木质的,五六米高,入口处挂了

---

1 纯属虚构。7.23这个数字肯定跟拥有绝美制片人的电影《白蛇2:青蛇劫起》于2021年7月23日上映没有任何关系。

一块铁牌,写着开放时间:"周一至周五:8:00—19:00;周六:10:00—21:00;周日关闭。"

那是个周三,二月二十九日,阿狗记得很清楚。因为他早上特地去报刊亭买了《工兵的生日蜡烛》,一份每四年出一期的日报(二月二十九日的"日")。下午五点多,他穿一套紧身运动装从公寓出来。运动装没有口袋,所以他只握着手机,手机壳背面塞了两张卡:银行卡和房卡。

连跑带颠地热身到公园,这已经是阿狗连续第五天来这儿了,没人,没异常。于是打开 NRC APP、连好 airpods、播放专辑"艳阳高照",开跑。四十多分钟过后,不到七点钟,阿狗拉伸完毕,优哉游哉往外走。这时距离日落大概还有半个小时,气温不到十摄氏度,他溜达到门口时,身上的汗已经干得差不多了,还有点儿冷。

隔着三五米看,门是关着的。但这个倒霉蛋儿此时还没意识到问题的严重程度,反而是他皮肤上立起来的汗毛儿更加机敏,附近的空气里明明到处写着两个字:有鬼。当他走近,才发现门不只是关着的,简直是锁着的。门闩在门的外侧,挂着一把铁锁。阿狗慌了。没到关门时间啊,怎么会?但他还是立刻挤出点理性制定了逃亡方案。

第一步,他绕着公园的外围又跑了一圈,勉为其难地承认公园确实只有这一个门。当他再次站在门口时,红头涨脸地意识到事情已经不可能由他独自解决了,虽说"八十一难拦路,七十二变制敌"[1];但事实是,弼马温哪次没请外援?

第二步,他有两个求救电话可以拨打,其中一个是"112",遇到人身危险时的报警电话,但他之所以没立刻打,是考虑到两点:首先,他现在这种情况算不算遇到人身危险。虽然他明确知道自己是因为公园在正常关门时间前关了门,才被锁在这里的,但是作为一个外国人,难免担心是不是有什么像"星期天不营业""周一闭馆"一样约定俗成的日子是自己不知道的;其次,如果因为电话里表述不清,请来的不是警车而是救护车,那费用可真不是开玩笑的,阿狗曾经的留学生小伙伴们在这个问题上"吃过亏"。或者呢,他也可以给甲方打电话求救,毕竟那是他目前在巴黎唯一的熟人了,但是且不说甲方折腾过来要一个多小时路程,就算他来了,门锁还是打不开啊,有什么用。

这时已经快七点半了,日落,寒气长;再想想背后那群张牙舞爪的巨型水老鼠们,阿狗心里实在有些小鹿乱撞。

---

1 出自:《西游记》TV 动画片尾曲《白龙马》。

他扒着门，顺着木板间的缝隙往外望，马路对面小超市的阿姨发现了他，凑过来问了问情况，摆弄了一下锁头，示意打不开，让他再找找其他出口，阿狗回应找过了，不了了之，阿姨走回去继续准备关店。后来又有些路过的人，情节雷同，没有进展。大门正对的是条极窄的小路，越晚越没什么人经过。

再耗下去手机都要没电了，那可就真栽了，于是阿狗决定打电话报警。说时迟那时快，几个东倒西歪踢着正步、满身酒气的中年男人冲他叫喊。大概是附近公司下了班的职员吧，都是穿西装的，只不过有的把外套搭在胳膊上，有的抓在手里乱甩，白衬衫也解开了好几粒扣子。其中一个身高不低于一米九的，扬起手臂摆着手示意阿狗从里面翻出来，五六米高啊，兄弟。阿狗说不行，"190"说你来吧，阿狗说不行，他说来吧。

不知道算争还是算让，反正"呜呜喳喳"了半天，只见"190"抓住门上的两片木板，双脚腾地一下跳起来蹬住门板，移动双手撑在木门顶部，扭身翻转，跳了下来，砰一下落在阿狗面前。然后他蹲下来，示意阿狗踩在他肩上，阿狗一脚上去，纯白的衬衫跌落凡尘，被两只泥沙混合的四十三码脚印以及周边粘连的碎碎糟糟的草籽入侵了。

"190"弓着背慢慢站起,阿狗准备伸手去抓木门顶部,才发现手里握着的手机很碍事,同样发现问题的还有木门另一边的其他小伙伴,他们示意阿狗把手机先从木板缝递出去,他照做,然后撑住木门顶部,坐上去,等着,等"190"先翻出去,弓下背,以同样的方法接他下去,四只泥沙混合的四十三码脚印。

尽管流程听起来还算流畅,可是着陆之后,阿狗裸露的手臂还是有一些擦伤。他先是对参与此次救援行动的全体伙伴表达了发自肺腑的口头感谢,然而在目前这个丢盔卸甲的状态下,既觉得对这份"救命之恩"的感谢应不止于此,又实在力不从心做到更多,所以他要了"190"的电话号码,跟他说一定要再找时间请大家吃饭,"190"说没问题,就住附近。

接下来,惊魂未定的阿狗迅速到附近的药店包扎伤口,然后回公寓洗澡、给手机充电、趴在床上,复盘。

就在这时,他亲手做了一件让后来的自己觉得此刻的自己缺席了自己人生的事情:他删掉了"190"的电话号码。

不少自视甚高,或是从"手无寸铁"到出点小名的家伙们,是会有些恨不得把发生在自己身上所有"不够体面"的事情毁尸灭迹的做法,因为他们费尽心力才踹远一点点的自卑，和刚刚冒出头儿的自信，还不足以在他们的身体里调和平衡出一种叫作坦然的"物质"，他们恐惧暴露。

但这理由跟阿狗并不兼容。他就是个路人甲，没那么重包袱，被帮了这么大一个忙，不说结草衔环吧，请顿油封鸭腿总还是要的。

他删掉了电话号码，或者说他切断了和他们的唯一联系，也可以说他放弃了仅有的报恩机会，也是因为恐惧。

"190"他们，是黑人。

实际上，在点开"最近通话"，向左滑动那串号码，顺势触到"删除"，这一系列加起来只占零点五秒的动作结束之后的第二天，第二年，以至未知的无限时间里，他每每暗自想起，或是跟人讲起；他喜欢在"小酌酒巡销永夜"[1]的氛围下跟不同的人一遍遍重复；阿狗为自己的行为感到羞耻。

一件引以为耻的事情为什么要讲给别人听呢？阿狗也说不清楚，心里的纠结缠成一团乱麻，或许是他想让别人听完引以为戒？用"警示"别人的方式来完成自己的"赎罪"？事实上他每重复一次，羞耻感就加深一层，当然同时

---

1 出自：唐代诗人白居易《雪夜小饮赠梦得》"小酌酒巡销永夜，大开口笑送残年。"

也会多获得一遍理解与安慰；折腾什么呢？不提了，时间长总会忘了的，不好吗？阿狗做不到，他必须让这件事的余音保持动态的延续；他没法原谅自己，除非这个问题有了答案："我是从什么时候开始，带着偏见，如履薄冰地面对这个世界的？"

所以那天晚上到底是哪个瞬间让阿狗产生如此突兀的恐惧呢？就是在他为了爬上木门顶，把身上唯一的"私有财产"，也是唯一可以向外界求救的工具——手机，递到木门另一侧的时候。当他坐在高高的木门上，看着下面那些黑人，他想，不，是他阴暗地揣测：如果他们拿着我的手机就跑了呢？那是最新款的iphone顶配版。如果他们看到了我的银行卡，用不接我下来作为要挟条件，要我说出提款密码呢？如果……你很难想象在短短的几分钟时间里，他可以把前三十年从未亲身经历过的、只在电影和新闻中听说过的恶，全部瞄准了那些此刻在这个世界上，唯一知道他身陷险境，并真心诚意想要帮助他的人们……

阿狗失眠了。他并不只是复盘当晚发生的事情，而是努力复盘从他有记忆开始，"黑人"，招他惹他了。

那感觉就像是他自己主演了一部刚刚上映了的电影，他演的是个坏人，是一个找不到任何理由洗白的坏人。他演得特别真、特别好；观众往影院出口走，一路都在骂他；但电影里的人物是剪辑之后的啊，他真想扎进拍摄的素材硬盘里，因为每一个表情背后还有几千几万种不同的表达记录在上面呢，他想在里面再翻翻看，要是换种剪辑，自己还能不能成为另外什么人？素材里的那个人是不是比成片里的那个人离自己更近一点儿？

阿狗特喜欢马克·吐温说的一句话："我从不让上学耽误我受教育。"反正也睡不着，他就从头开始捋。从小学的生理卫生课到初中地理课到高中政治课到大学的文化史课……问题出在哪儿了呢？好不容易挨过了几个小时，他觉得他必须把这事儿跟人讲讲了。想到也有几天没跟父母打电话了，就开了床头灯，侧躺着拨出了语音通话。是巴黎这边的凌晨，不过幸好有7小时时差，国内已经该吃午饭了。他想起玛法达的一句关于时差的特别好玩的话："我真不知道这个国家怎么进步，它用的时间都是另外半个地球用旧了才给我们的。"[1]

"喂？你俩干吗呢？"

"刚做完核酸，散步呢。这才几点？你起来这么早干

---

[1] 摘自：季诺《玛法达的世界》（三毛译，上海文艺出版社，2014年）。

啥?"

狗爸狗妈两张宽度喜人的脸硬生生一齐挤进手机屏幕,各自牺牲掉一只耳朵。狗妈是主要发言人。

"昨晚出了点事,没睡。"

"出啥事也不能熬夜啊。"

"你听我说……"

一顿复述。

"这件事吧,你处理得确实有点问题。应该要个人家地址,给人家寄个小礼物,怎么也表示一下感谢。但是不见面请吃饭是对的。"

"为啥呢?"

"多危险啊!黑人啊,你一个外国人,有啥必要冒那个险?"

"为什么是冒险?"

"你舅妈上次报团去欧洲,钱包就被黑人给抢了。"

"可我这次是被黑人帮了啊。"

"你这个是例外,可能他们喝多了才帮你的。你不看新闻啊,那多少亚洲人去欧洲被黑人袭击了啊,谁让咱们有钱呢?"

"咱家……很有钱吗?"

"那也比他们有钱!不抢你抢谁?"

阿狗隔了几秒钟没说话,那感觉就像他平时爱喝的燕麦奶,沉淀到最后的那一口是绝对不能喝的,因为像浓痰一样。阿狗滚到床边,伸长胳膊扒拉着够到了桌上的口罩,戴好,侧躺回去。

"喂?喂喂?网络不好吗?"

"来了来了。"

阿狗突然在这一刻筋疲力尽,他安心地闭上眼睛,缓慢地拉长了口罩收紧、变微热的固定程序,竟然觉得享受起来。如果放弃思考也能统领全局,那真是一种国王般的骄傲以及无聊啊。

"我是觉得吧,咱也别太自我感觉良好了。你不觉得好多事儿都是自己猜测联想出来的吗?本来没什么必然联系,非得强加个因果关系进去。而且一旦得出了结论,还会拼命给自己找理由佐证。我舅妈一共就去过一次欧洲,被抢了那一次,说得好像她天天被抢一样。那些天天生活在欧洲又没被抢的人,难道就没有了?再说她那次也没被抢走多少现金,如果是接了个什么活儿赚到那么多钱也不见得会多高兴,但是没了那些钱就格外气愤,果然人都是更厌恶损失的啊。而且你怎么就觉得咱家比人家有钱了?是不是有点太高估咱自己所拥有东西的价值了?不过这也不是你的问题啊,人不都这样么,本性吧。'人类理解力则正如一面凹凸镜,它接受光线既不规则,于是就因在反映事物时掺入了它自己的性质而使得事物的性质变形和褪色。'"[1]

"别人被不被抢关我什么事?黑人有钱没钱我也管不着。你舅妈是我弟妹,你是我儿子,你们才是最重要的,一点闪失都不能有。"

"要说前面那个理解力偏差还是大家共有的,到这层可就是你自己独一份的了。我对你来说重要,人家黑人难道没有妈妈吗?对人家妈妈来说,自己儿子就不重要了?当然,大家的文化背景不一样,思维模式不一样,亲子关系也不一样。但是说到底,我对你来说重要,是因为你生我养我,你在我身上付出得越多,我对你来说就变得越重要。就跟大学数学系的学生兴许会觉得数学比文学重要,甚至还觉得数学比其他一切学科都重要。其实这东西怎么能比呢?还不就是看一个人偏爱什么。不过偏爱,也可能是偏见啊。"

"那我也不是这个意思。我当然知道黑人里面有马丁·

---

[1] 摘自:培根《新工具》(许宝骙译,商务印书馆,1984年)。

路德·金，有曼德拉，不是说人家都不好。只是万一你没那么幸运，遇到个不好的，怎么办？"

"是不是有种话说不精准的感觉？'文字仍然公然强制和统辖着理解力，弄得一切混乱，并把人们岔引到无数空洞的争论和无谓的幻想上去。'"[1]

"你说我吗？"

"大家都是。从我跟你说这件事，到你开始回应我，咱俩黑人来黑人去的，一直在用这个概念，思维也被这个概念推着走，可是你甚至都没多问我一句关于这个人的信息，他被如此轻易地抽象了，进而扭曲了。再来，所谓的幸运还是不幸，更加是一些没办法把握内涵的抽象概念，如果我被从锁住的野生小公园救出来都不算幸运；如果被偷了钱包就叫不幸……"

"我再跟你说一遍，我没有歧视黑人的意思，我只是在说一种可能性，一种非常普遍的观念。难道只有我这么想吗？你随便问问别人，看看得有多少人跟我有一样的担心？有问题的是你自己，不是我，也不是跟我一个观点的别人！"

"可不是吗，就是所谓的普遍观念，或者把自己包装成

---

[1] 摘自：培根《新工具》(许宝骙译，商务印书馆，1984年)。

权威的这帮别人，一拍脑门想出来的东西听上去比真发生过的事儿还真实呢，了不起了不起。把这种离自己的生活经验远了去了的东西还当作知识记下来，也不知道要往哪个倒霉蛋身上安呢。"

"你才是那个倒霉蛋，而且你要是倒了霉，咱全家也都甭想好了。你要是不想听我说话，你要是觉得自己主意可正了，想得都对，以后给我打电话就少讲自己干的蠢事。次次犯蠢又次次后悔，你以为我就有耐心听了？"

电话被挂断了。

阿狗摘下口罩，转半圈平躺。盯着灯罩里的小飞虫尸体，感觉到一阵窒息。

太快了也太狠了，口罩说出的话。

成就感是节奏带来的，得有停顿；如果只剩连贯，创造出的大概率是遗憾。

从这次起，阿狗开始减少戴上"哲学家召唤口罩"的频率。蓄势待发到聊胜于无，算起来一共也没用上几回。就像尿液刚刚离开体内，或是红灯刚刚变绿的瞬间过后，是空虚，不鸣则已的空虚。

讲最有"道理"的话，哪怕面对最亲近的人也是如此。阿狗或许本以为这会让对方高看他一眼，或者起码可以让自己骄傲地爽一下，不过现在……阿狗开始为曾经信以为真的想法感到后悔。他竟然怀念起沉默，自从有了口罩之后就久违了的沉默。

"有很多种说话的方式，也有很多种沉默的方式。某些沉默带有强烈的敌意，另一些沉默却意味着深切的友谊、崇敬，甚至爱情。"[1]

---

1 摘自：福柯《权力的眼睛》(严锋译，上海人民出版社，2021年)。

排了个队

一个人越难找,他就越可疑。

——本雅明《巴黎,19世纪的首都》

接上一条。还是在巴黎,回国前的倒数第二天。阿狗要去超市买点什么打包到行李里,其实无非也就是些咸黄油焦糖、黑松露薯片、小学童巧克力饼干之类的。

他选择了一家 E.Leclerc。E.Leclerc 在法国是和家乐福、欧尚一个体量的超大型超市,阿狗最讨厌逛这种超市。要知道,他的路痴可不仅体现在久经考验地使用各种导航 App 上;从零食区走到收银台,对他来说,已经算是道远路滑了。何况在途中有多少次路过冷冻区,想拿根冰棍儿,又怕化,决定买完别的结账前再来拿,但实际上,并没有一个冰柜愿意待在原地等他回来,就是严重到这种程度。

所以通常出差一周以上的话,阿狗只会在到达一座城市的第一天和离开的前一天,分别去一次这种超大型超市,前者买足日用品,后者入手纪念品。

在巴黎,他平时只会去一些 franprix、picard 这种比"7-11"大不了多少的小超市。因为对阿狗来说,这世上的事儿能由他掌控的不多,即便是发生在他本人身上的;所以但凡有可能的话，他都尽量不去为难自己。他想努力做个对自己有求必应的人。小超市虽然货品的种类不多，但每每有上新总是很容易被发现；想要找的东西都在附近，转个身几步路就够得到；最重要的是，收银台的结账速度很快，面对出口也足够直接。而在大超市的结账队伍里，总是很容易碰到家庭采购，阿狗提着自己的购物篮，却会忍不住往别人的大号推车里面看，法棍是买三赠二一纸袋的、果酱是好几种口味拼成一联的、烘焙纸是适用大尺寸烤箱的……独处时的孤独感是逍遥的，人群中的孤独感却是紧绷的，阿狗倒不是介意紧绷，但最好别太频繁。

但今天，是他十天以来第五次来这家大型超市。也就是说，这次来巴黎，他几乎每一次购物都选在这里，哪怕有时只是买两瓶气泡水、一块奶酪、一袋火腿切片。奇怪吧？他也觉得奇怪。原来还真有这样的人。不是指自己。

不知道各位看没看过动画电影《疯狂动物城》，里面有位叫"闪电"的树懒先生还有印象吗？他也太搞笑了，连眨眼都是慢吞吞的跟不上节奏；那部动画片刚上映，热搜就挂出了好多"人类帮树懒过马路"等现实版视频，阿狗没少刷，图一乐。但他从没想过，有一天会碰到一个"树懒版"的人类。

他是一位收银员。这家 E.Leclerc 超市有三十几个收银通道，他所在的这列排队人最少，但也是很长很长的队伍。阿狗排在队尾，慢慢走近他。他应该是个法国男生吧，欧洲的跨国婚姻太日常，所以……总之，他长了一张英俊到近乎静态的脸。

　　部分类型动画的创作中有一个术语叫"原画"，在电脑上也叫"关键帧"。就是指在一个场景中，动作起点和终点的两个画面。这两个节点的画面特别重要，因为中间动作过程的画面有时是软件自动填充的；即便是纯手绘的，也难免出现一些人物面部变形的情况。"帧帧可截图"之所以是对一部动画片的极高赞誉，因为那是一种在运动过程中也不会损失细节的精致。

　　以上的形容也同样适用于这位收银员男孩的脸。黑眼睛长睫毛，狮子眉，鼻梁很挺但鼻尖很圆，皮肤是可乐加冰[1]色的，没有胡须，陶瓷般没有褶皱。他的头发也是黑色的，一丛一簇地打着小卷儿。即便是坐着，他看起来也比其他通道的同事高很多，估计站起来得有一米九吧，体重

---

[1] 摘自：王朔《致女儿书》(北京十月文艺出版社，2016 年)"你妈妈深目尖鼻桃子下巴，肤色像可乐加冰。"

嘛……保守估计二百五十斤了。

其实说他的脸英俊到静态,是有两层意思的:一层是英俊,一层是……静态。他的动作很慢,很慢,非常慢,像"闪电"那么慢。阿狗是个没什么医学常识的人,后来上网查,说是一种神经系统的疾病。从拿起货品到扫码再到刷卡支付,他需要花别人的三倍时间完成;万一再碰上付现金得找零的……

这大概就是为什么排在他这列结账的人最少吧。像阿狗这样第一次来这个超市的人不多,作为熟客,大家也不是嫌他慢的意思,只是大家可能真的都忙嘛,急嘛,不愿意多等嘛。

阿狗就那么看着他。

他几乎不说话,应该没有不开心,虽然也没有微笑。他会很专注地把每一件商品慢慢放下,推向滑道,动作轻得像在对待一颗颗生鸡蛋。

阿狗的脑仁升腾起一种感觉,叫:肃然起敬。不是冲着收银员这个职业,也不是冲着什么神经系统的疾病,而是冲着那份专注。冲着一个人,有一样真正在乎的东西,为了这样东西,他不见得有《春琴抄》里的佐助一般的,刺瞎双眼的决绝;也不见得像《金阁寺》里的沟口一样,宁愿将其付之一炬。他能做到的，他做到了的：就是日复一日地小心翼翼。

阿狗突然觉得在这个人身上看到了某种古代，或者至少说是前现代的东西。与一股脑儿的执拗，或是和盘托出的献祭相比，这样缓慢而旷日持久的专注，未必不更显珍贵。

对阿狗来说，这种专注的反义词恐怕就是平时最让他懊恼的生活状态：焦点模糊。比如周五下班前，他发现还残留一小部分工作需要在周末完成，还好剂量不大。于是他定了闹铃，周六一大早就蹦起来跑出去买早餐，想着一定要把工作速战速决，然后踏踏实实享受休息日。他一路小跑到早餐店。阿狗爱吃油条，可是炸油条的锅还没热；于是他就选了马上出锅的包子。哪个快来哪个吧。可就连等候老板打包的那两三分钟，他都觉得耽误了天大的大事儿。回到家狼吞虎咽塞完，他坐在电脑前，道德感得到了满足：可以开始好好干活儿了，他想；但是大脑神经元却并没有全力配合的打算。

他建立一个崭新的word文档，开始发呆。想象这周周报将用到的汉字如何井然有序地排着队来把这页空白填满；象征性输入了几个日期数字。然后打开手机，把绿中带白那个软件的小红点刷完；再把黄中带红那个软件的橙色方框点全；最后看时间差不多了，打开了蓝白相间那个软件。迎接他的是这一上午最为严峻的时刻：他必须在金汤杭三鲜和梅干菜排骨中做出抉择了。

这是经常发生的事情。被道德感胁迫似乎必须完成什么，可真正开始做时又无法聚焦当下，白白浪费了时间。那些牺牲掉本可以从容享受的日常细节，开了二倍速拼命抢出来的时间。投入几分输出多少，抑制不住的焦虑。睡前懊恼地总结：活儿嘛，也没干多少，早知道是这样，我还不如去吃早午餐、骑马、看电影了呢。说真的，阿狗都想完全遵从喜好地过一天，看看到底会耽误多少时间，能不能影响工作。

自己到底是被树懒收银员身上的什么感染了？阿狗也说不清。但是有一种奇怪的效应确确实实发生在他身上了。就是阿狗原本是个在生活细节上非常粗心的人，即便是在国内的超市都经常因为忘记称重，或是买一赠一的商品只拿了一件而被收银员同志再教育，通常教育的音量还不会太低。每到这时候，阿狗就会又急又烦，索性那件东西就不要了。

可是在他排队的若干回里，有一回他看到一位老妇人也犯了忘称重的毛病，但是树懒收银员什么都没说，甚至没告诉老妇人。他直接拿起对讲机，叫来一位同事，把没称重的东西交给他，继续扫后面的商品，扫完了同事还没回来，他就笑着示意老妇人稍等。从那之后，为了不给树懒收银员添麻烦，阿狗每一次都仔细查看货柜标签，就没出过错儿。

机械，就无法专注，还会变自私。慢一点不怕，心里装着别人，马虎都可能痊愈。

这让阿狗想到自己读过的一个关于麦兜的故事，叫《完美的橡皮擦》。讲的是麦兜求了妈妈很久，终于得到了一块橡皮擦，他觉得那是他见过的最完美的橡皮擦。应该说它不只是块橡皮擦，就是完美本身，从颜色、形状到香味。可是麦兜根本舍不得用它，他不能让它沾上一点点污渍。可是他也不需要任何另外的橡皮擦，因为既然完美已经存在并被他拥有，那么也就不再有匮乏。为了能保证不用到这块橡皮擦，又不让作业涂抹太多被班主任批评，麦兜只能很慢很小心地写每一个字，每一个笔画，用写作业比其他同学多花四五倍时间的代价，守护他觉得很美好的存在。

男孩对阿狗来说就是那块橡皮擦。但前提是，阿狗觉得自己，以及男孩服务过的每一位顾客先被当成了橡皮擦。或者说，是男孩对待手边的每一次操作，眼下的每一个人，都轻拿轻放，是因为珍惜而不得不慢一些。

"不知道什么该珍惜时,这世界对你来说就是一个迷宫;当你学会珍惜时,迷宫几乎变成了一个学校。"[1]

这是挺长一段时间以来,话不多的阿狗特别迫切想和人分享的经历,但是因为在巴黎,身边没熟人,远方有时差。最后只能随手抓了甲方,给他讲讲。

甲方是一个举手投足都显得公务在身的人。他连决定早餐套餐中的饮料是点咖啡还是橙汁的样子都心事重重,仿佛背后有着巨大的隐秘,甚至可能关系到一家咖啡豆生产公司的股价。他对自己不抠门。当阿狗作为同行人员时,也算自己人,所以他们一起在巴黎吃了好多顿昂贵的饭,边吃边说一大堆没用的话。但当阿狗作为乙方代表的时候,甲方可没那么大方。他是口头上愿意许诺把这世上所有的美好都送给合作伙伴的人,不过有个前提,比预算超一点都绝对不行。

他肯定不是理想的倾诉对象,放在"前口罩时代"的阿狗身上,这属于一个为了推广乒乓球而弄大球拍的"断子绝孙"式操作。因为这显然是一件表达主观态度多过描述客观事实的事儿,每每遇到这种,也是阿狗必得忍气吞

---

[1] 摘自:史航《迷宫》(大象出版社,2004年)。

声的时候。不过,这可是收到"哲学家召唤口罩"的第三个月了,现在的阿狗确实有恃无恐。

"你知道吗,我这两天在超市碰到一个收银员,大概是有些神经系统方面的疾病,动作特别慢,就和《疯狂动物城》里的"闪电"一模一样,然后呢……"

阿狗和甲方坐在餐厅的户外用餐区,点了两份油封鸭腿和一些沙拉。餐前面包和饮料先上来了,阿狗把大蒜奶酪涂在法棍切片上,眼皮都没抬一下。

甲方此时正在跟一瓶气泡水瓶盖下面的密封环角力。但他显然觉得自己已经捕捉到了重点,这是一个笑话。所以来不及听然后,就……

"真的假的?哈哈,那这哥们儿得挺逗啊,你没笑出来吧?"

"我没有。"

"对对,我就说啊,你可不能让人家看见你笑了啊。那太不礼貌了。背后笑可以。"

"我是说,我从头到尾都完全没有想笑的感觉。"

"怎么的呢?你同情人家啊?那我也不是嘲笑人家的意思啊,有困难我还愿意帮呢。但笑是本能好吗,自然发生的身体行为罢了。你看卓别林不想笑啊?装什么清高!"

卓别林？阿狗愣了一下，想起段《摩登时代》里面的表演：工人查理左右手各挥舞着一支开口扳手，紧赶慢赶地在嗖嗖前进的流水线上拧螺丝。这时镜头切换到旁边一位正弓着身子的女士，她穿的背带裤在后腰与臀部的交界处有两枚纽扣，十分形似查理施力的对象：螺丝帽。于是查理立刻起身，直接平移了手部的动作，将扳手落到这位女士的纽扣上。一个没有观众会慢半拍的笑点。

但看卓别林都是多久前的事儿了，这肯定不是他最近一次觉得好笑。他使劲儿想了想，最近一年看的喜剧片儿里的梗也记不太住了，脱口秀节目的笑点主要是语言带来的，跟肢体这种还不太一样，你别说，还真让他想起来个类似的，就是去年"六一"节肯德基出了一款套餐附赠的新玩具。

当时微博上的宣传文案是："可能这个玩具对小朋友来讲过于幼稚，但是对成年人来说刚刚好。"是一只可达鸭，站在一块绿色塑料草坪上，面前摆着一个小收音机，打开玩具开关，相当洗脑的、十秒一个循环的广场舞伴奏曲响起；可达鸭随着音乐一颠一颠地左右旋转跳舞，两只鸭爪上下交替摆动。阿狗平时不算个笑点很低的人，他刷微博看到"可达鸭"这条热搜点进去，第一遍看这个鸭子跳舞视频也毫无感觉，但是由于视频会连续播放，当他在近乎无意识的情况下，一遍接一遍地看下去时，笑成了傻子。然后他打开了美团外卖，搜索肯德基。短短两分钟，阿狗怎么就被精准营销了？他不理解。

阿狗出了这半天神，才反应过来自己这是被甲方牵着鼻子走了。为什么看卓别林的笨拙和可达鸭的机械会笑，就代表看"树懒男孩"也会笑呢？为什么他说真的没想笑，而不是出于礼貌只能背着人笑，就是装清高呢？人为什么要笑别人呢？喜剧演员又是怎么做到把别人逗笑的呢？

以往这些问题阿狗未必没想过，只是没一直想，没正大光明地想，没往穿了想，没想出个洞。自己没想彻底，没想透，就容易被对方逮住破绽，口头上难免吃亏。

但今时不同往日了，他有口罩了啊。于是阿狗假装对隔壁桌顺风飘过来的烟味很嫌弃，制造了个甲方应该不会多想的情境，戴上了口罩。

这次口罩反应超快，刚一戴上立刻微微收紧，从常温变到微热。

"你要是把笑这个动作当成单纯的面部肌肉抽动，它当然是自然发生的身体行为。但是，那样的笑只有声音，哪来的意义？没有意义，它怎么会被其他人感知到，彼此产生影响？所以笑根本上是经过社会生活编码的，带有社会意义的行为。既然是社会的行为，就有它产生的社会动机，你就不能装傻说它只是自己的本能。"

甲方也愣了一下，一发狠，气泡水瓶盖连着密封环一起被拔了下来。他选择跟阿狗而不是阿狗的其他同事一起来巴黎，是因为阿狗虽然是个不会说什么奉承话的乙方，但他起码不多话。在甲方居高临下的理解中，这样也可以叫：不顶嘴。阿狗刚刚这句话，让他很意外，甚至激起了斗志，偶尔被呛两句还怪有新鲜感的。"反正最后，这小子肯定会先服软吧，也不会让我没面子。"这是当甲方多年，心里不自觉的预设。

"废话，我没说笑没有社会意义吧。我就是知道它有社会意义才说，你看电影、听笑话，可以随时随地当着人的面儿笑。你笑喜剧演员，他们又不会生气，他们就是干这个的。但是像你说的这个树懒收银员，人家是生病了才变得搞笑，你就不能当着人家的面笑，那不好。我说的有毛病？你有啥不服的？"

"你压根儿没搞清楚咱俩的分歧在哪。不是说笑要当人面还是背着人的问题。是我说我没想笑，当着人背着人都没有想笑的感觉。可你不信。你不信是因为你觉得树懒收银员和喜剧演员在本质上是一样的，他们的动作会让我们本能发笑，只是社会属性中的什么道德感啊、同情啊、羞耻心之类的让我们短暂控制住了一下下，转过头迟早还是要笑出来的。说白了，因为你不理解人为什么笑，所以也理解不了我为什么不笑。"

"呦嗬！我不理解，你理解？来，快点儿，您赶紧赐教赐教，你可太牛逼了！"

"首先，你认为咱们觉得动画片里的树懒闪电可笑是因为啥？"

"废话。它动作慢呗，还有那小表情。"

"我们笑的是树懒吗？"

"不然呢？只不过我们最先看到的是动画片里的树懒。但是从那之后，网上不是也有好多人拍真实的树懒吗？也很搞笑啊。"

"要我说就不是。你可以说一株植物、一个动物、一片景色壮观、丑陋、普通，但你能说它们搞笑吗？我觉得，在属人的范围以外，无所谓搞笑。"

"有什么不能的？我感觉你这么说可挺搞笑的！"

"我们可能笑一顶帽子，但我们所笑的并不是这片毡毛或者这些草帽辫，而是人们给帽子制成的形式，是人在设计这顶帽子的样式时的古怪念头。[1] 我们刷各种萌宠视频也会笑，看它们贪吃打哈欠骂骂咧咧，但你仔细想想，让我们发笑的点到底在哪？是不是因为它们身上有跟人像的地方？甚至好多时候，人家萨摩耶的唇线就长成个上翘的样子，或是为了兜住口水不流下来才保持嘴唇上翘，到头来呢，落得个'微笑天使'的美名。你说，到底是狗真在笑，还是人利用了人家嘴唇上扬的特征，放到了讨自己喜欢的用途上？"

"就算你说的有点道理，那又怎样？是不是跑题了？你不过说明了，咱看树懒动作慢会觉得可笑，其实是强加了人的感觉，把它拟人了。但是你根本没说明，为啥树懒收银员动作慢不可笑吧？他总是人了吧？人不能笑人吗？"

"当然能，而且是不带恶意的那种。就像我们也会笑倒了霉的朋友和自己的亲生孩子。我们会被自己所爱之人，或是自己怜悯之人逗笑。但是有一个前提，就是在我们笑他们的那一瞬间，就单单指笑的那一小会儿，这种爱和怜悯是被暂时屏蔽掉了的。或者说，我们是不动感情的。因为如果我们一直处在一种可以共情对方的状态中，是笑不出来的。情感，是笑，最大的敌人。"

---

1 摘自：柏格森《笑》(徐继曾译，北京十月文艺出版社，2005年)。

"为什么？为什么共情就笑不出来？"

"因为笑就是需要你把自己变成旁观者，需要处在一种对眼前发生的事情无动于衷的心理状态中。因为一旦你与对方共情了，就意味着你对他的一举一动一言一行保持着高度的兴趣，你的注意力高度集中，他身上的每一个微不足道的细节在你看来都变得特别重要，情况一下就变得严肃起来，一点儿都不可笑。只有当你把自己抽出来立在旁边当观众，才能看得出可乐的地方。'在舞厅里，我们只要把耳朵捂上不去听那音乐，立刻就会觉得舞客滑稽可笑。'"[1]

"所以说，你不想笑树懒收银员，是因为跟他共情了？那你咋不跟别人共情？你不会说你这辈子到现在从来没笑过别人吧？敢情你就是挑着人共情呗？"

"当然不是，我会跟他共情，是因为他没有做出满足让我发笑条件的事情。但如果别人做出了，我当然会笑。"

"什么条件？"

"僵硬和不合时宜。"

"说人话。"

"一个人在马路上走，走着走着没注意，踢到了块石头，

---

[1] 摘自：柏格森《笑》（徐继曾译，北京十月文艺出版社，2005年）。

一个大马趴……这时候我要是从边儿上路过,准保偷着乐。我乐他什么呢?他僵硬啊!机械啊!走路走出惯性了,每一步和下一步之间都不知道调整了,笨拙到不由自主了。还有什么事儿呢?比如在 KTV 里吧,好几个人一起唱同一首歌,有一哥们儿总是慢半拍,老是跟不上节奏,就很容易把大家逗乐。因为他不合时宜啊,就像有一个可移动的大相框,大家边跑边挤进去合影,但唯独有一个人,跑得慢,总是露个屁股在相框外头,这就挺可笑了吧。更可笑的是,他还不甘落后,一个劲拼命往框里面钻,更滑稽了。"

"僵硬挺好理解的,不合时宜没明白!跟不上就别唱,钻不进去就不钻呗,为啥非把自己弄成个笑话?这人是缺心眼儿吗?"

"还真没这么简单。堂·吉诃德风车历险的时候,可没觉得自己好笑,因为他忘我啊。从读者的角度看,他一心想着要伸张正义,甚至都不管自己所处的年代还缺不缺他这样的勇士了。所以堂·吉诃德最好笑的一面,就是他看不到自己的身上有另一面,他陷入得太深了,如果他意识到自己会被人笑的那一面,又怎么会让自己变得好笑呢?就跟露个屁股那人一样,他就忙着往相框里钻,都顾不上自己什么身姿什么脚力了。他们的搞笑不是故意的,而是无意识的。所以说,一个人有多好笑,就取决于他有多忘我。"

"按你这么说,不管是笑别人还是被人笑,可真没什么好处了?"

"倒不是说好处吧,看起来笑是挺表层的东西,但是往深了想想呢,那些跟上了节奏唱歌的人,还有那些成功跑进了相框的人,就该有多得意吗?那难道不是另一种僵硬吗?跟多数人保持一致的僵硬?让我们变可笑的原因是不合时宜,可'时宜'又是谁规定的?一堆人站在一起笑同一个人,好像那个人就会自动把跟大家不协调的地方赶快改正过来,你要说好处,笑居然还有'纠正'人行为的效果呢,这算'好处'吗?反正我不觉得。"

"这么说我们难道就未必需要笑了?刚刚说的都是笑实实在在的人,那还有笑话呢?还有喜剧呢?我看戏的时候笑,总不可能想这么乱七八糟一大堆吧?"

"老板,那您这可是要跟我聊艺术了啊。我觉得,我们之所以会对戏剧、电影感兴趣,是因为我们明知道里面讲的是别人的事,但我们又总觉得那事情自己也不算完全没经历过。要是看喜剧呢,咱就拿《猫和老鼠》打比方吧,汤姆被欺负得多惨啊,每次他被砸得越扁观众笑的声越大,不如说他经历的那些倒霉事就是每个人都说不定会经历,但是幸好没经历的。不得不承认,笑是具有经济效用的,就是帮我们排解掉'维持某些基本的社会性压抑'。"[1]

"什么压抑?工作贷款老婆孩子?"

"您看您,俗了不是?咱要是务虚了说,抽象了说,这种压抑就是一种'逻辑强迫症'。在平时的社会性生活中,我们总需要遵从一些现实原则,就像您说的,甭管追求升职还是生育,都是在特别急迫地给每天在干的事儿创造一种意义,就不自由。但是喜剧呢,不管它是用笨拙的,荒诞的,还是超现实的表演手法,总之都把我们脑子里那些原本清晰的、有秩序的意义推远了,我们感觉到的是一种失去秩序的陌生。甭管是舞台喜剧还是喜剧电影,都是精心设计过了的,这种设计使得它们在形式上是很有秩序感的,所以我们才更容易被代入,但是在这种形式包裹之下的恰恰是跟我们日常的社会逻辑相悖的颠覆性内涵。"

"你别说,我现在还真有点明白为什么你不想笑树懒收银员了。因为对他的描述是你转述给我的,我又没在旁边看见,没你那么共情,当件事儿听了,当然觉得好笑。但要说在现场看,我也不一定就想笑。"

---

[1] 参见:弗洛伊德《诙谐及其与无意识的关系》(常宏、徐伟译,国际文化出版公司,2007年)。

"大概有这么点儿意思吧。其实你说所谓真实客体和想象客体有什么区别,还不就是情感强度不同么。[1]什么笑还是不笑的,又都不犯法,说到底还是自己的道德判断。我说我跟他共情了,但你非说那是同情,我不承认,我觉得是敬佩之情。敬佩他的专注和对每一个人的尊重。就这么简单点事儿。"

"行,得嘞,是我浮浅了。我冤枉您了,我没文化。让服务员上甜品吧,吃完走了。"

甜品和咖啡上来了,甲方拿起手机再没多说一句话。阿狗也是,低着头边吃边走神。

阿狗突然觉得自己跟那只可达鸭好像啊,似乎背后拴了个什么操纵装置,每天盲目地重复着,没什么创造性行动。应该说,是在不付出感情,也不付出专注的前提下机械、完全地重复。并且越是如此,越有一种表面自由的错觉。眼神儿锚定在一个特宏大的目标上,于是对眼巴前儿的事儿都嫌麻烦,可再宏大的目标还不得先落到下顿饭吃啥,其实要是认真做一顿饭那也很宏大啊,得先落到备菜,然后是洗菜、买菜……安不住当下,心里就没根儿,就发慌,就觉得干什

---

[1] 参见:大卫·休谟《人性论》(关之运译,商务印书馆,1996年)。

么都耽误功夫，妨碍了那个大目标的实现。

阿狗心想："没法笑他，是因为我羡慕他啊。"

离开巴黎前的最后一次购物，阿狗用法语提前写了一张卡片，中文就是："您好，我最近常来这里买东西。我是外国人，法语不太好。谢谢您的耐心和负责，缓解了我的紧张。即将回国了，回忆起巴黎这座城市时，一定会想到您。祝您工作顺利，一切安好。"

结账时，阿狗站在收银台商品滑道的最远端，装好东西，提起购物袋，抻着胳膊迅速刷卡，然后把准备好的卡片顺着滑道推了进去，用手示意树懒收银员是给他看的，然后说了句："再见"，就快步走开了。无非是最平常的感谢卡片，没有更强烈的剧情弧线了，和自己的内心戏相比单调了很多。但在阿狗看来，这样已经是最恰当的表达了。

睡不着觉的时候，身边总有人敷衍地传授一个办法叫数羊，好像那些羊活该立定不动给人数一样，其实人家跑起来能让你数到吐。不过，说不定羊也会失眠的，它们失眠的时候说不定也会数一数那些见过的没见过的人。卡片上的字不多，但树懒收银员兴许跟阿狗一样，能想得更多呢，那一点点善意搞不好也能膨胀成很大的一团温暖，多好。

上了回当

对于一座城市,你所喜欢的不在于七个或七十个奇景,而在于她对你所提出的问题所给予的答复。

——卡尔维诺《看不见的城市》

后续来了。阿狗和Perlumi在一块儿了。她请了年假，要跟他一起去台湾；他不擅长浪漫，但精通作妖。对于这个桀骜的世界，他自有一套办法驯服，比方说带着所爱之人睡在比日常还更不舒适的地方。毕竟去参加蜜蜂的婚礼，只要穿上翅膀就够了。当然为了行程顺畅，这样的过夜也不宜多，占了在台湾的七分之二。

两晚中的第一晚住在垦丁。台湾垦丁水生馆有个"夜宿"的旅游项目，就是晚上可以睡在水生馆里。二千三百八十元台币一位，不到五百块人民币。夜宿的区域很有讲究，分为海底隧道区（跟小丑鱼睡）、极地区（跟企鹅睡）、海藻森林区（跟水草睡），等等。阿狗选的是白鲸区。

下午四点，阿狗和Perlumi来到水生馆大门口报到，在服务处核对完信息就拿着通行证入馆了。吃完晚饭简单参观之后，他们领到了洗漱用品和每人两条棉被，一条铺在地上当床，另一条盖在身上。

按理说四月份的垦丁气温二十多摄氏度，不至于盖棉被睡觉，但今天这地儿晚上几度可不是为了让人舒服的，是白鲸的主场。为了模拟原栖息地的环境，这里的温度只有十几摄氏度。所以一进到指定区域，他们就赶紧把背包里的薄羽绒服掏出来套上了。

阿狗和 Perlumi 躺在一个由十几位成年人和五六个小朋友并排组成的队伍中。这列队伍和环绕着它的巨型玻璃幕墙共同搭起了一个向左旋转九十度的字母 D。十点半正式熄灯，之后就只剩下亮度微弱的指示灯了。两头白鲸天使和巴布，暂无困意，在偌大的空间里游来游去。

初初见面，Perlumi 趴在玻璃上，把脸压成二维，天使和巴布轮番来访。

阿狗不是第一次逛水生馆，当然也不是第一次见白鲸，但他第一次对白鲸形成了除导览员麦克风里传出来的"三岁小孩智商、用肺呼吸、一吨重"以外的概念。它们就像是某种被剥去厚重外壳的水果的果肉，不容许失去保护地和世上的灰尘有多于一秒钟的接触。它们的皮肤更像是被别人覆盖在皮肤下面的神经，纯粹到可以用来定义"白"；陶瓷一样光滑、棉花糖一样柔软；或许更像是暂时被定型的奶油，碰一下会留下指纹，稍稍用力立刻变形坍塌。

脆弱的才不是白鲸。怕被破坏的是身处异乡的阿狗,在只有海洋和白鲸的奇幻空间内,凝望爱人的满足。对他来说,时间就是来势汹汹的怪物,嘶吼着扑向他,他想扇它一巴掌,却找不到它的脸在哪;他抡圆了斧头劈过去,却不知道打中了没。"后来,过了一段时间"是最凶残冷漠的敌人,也是永远表现完美的凶手。

阿狗和Perlumi都近视,还散光。两个人躺在铺在光滑地面的那层棉被上左右扭动,眯缝着眼睛追着天使和巴布的轨迹看。半小时之后,地上的两根脖子酸了,水里的二位也玩累了,互道晚安,入对方的梦里。

白鲸的睡眠很浅,每隔一会儿就要换口气活动活动,发出一点点喘息声。那音量可比不上周围几位一进水生馆先问吸烟区在哪的大哥们。他们觉得只要脚踩在陆地上,就没理由对海洋付出耐心。所以在一下午身不由己地,陪小朋友探索海洋世界的奥秘之后,他们一屁股坐下来,长叹一口气,"终于能消停会儿了";然后用了足足三分钟,就鼾声如雷了。阿狗打小就听说,呼吸声越响亮的动物越危险,不知道真假。不过……"世上没有好父亲,这是规律。请不要责备男人,而要谴责腐朽的父子关系:生孩子何乐不为；养孩子，岂有此理！"[1]

它们睡着的时候，垂直地立住不动。"磷虾看到浮漂，会不会就跟我看到它们的视角差不多？"阿狗半睡半醒地把被子往上提了提，搭了三分之一在 Perlumi 身上。

"现在几点了？"Perlumi 也没睡实。

"估计五点多，你冷不冷？"

"有点。主要是我舍不得睡。"Perlumi 掏出裹在被窝里的手和手机，点了一下屏幕，"3∶12"，跟阿狗说："才三点多，再睡会。"

"你看你看！"阿狗指向头顶。

"它在看我！我是不是吵醒它了？"一头白鲸从侧面游到 Perlumi 的正上方。

"不会吧，它应该是比较贪玩，好奇你在干吗。"

"这头的额隆好大，感觉应该是男生。"

两个人又压着嗓子腻腻歪歪说了好多话，直到回笼觉光临。

等再次睡醒，归还完被子，就到了要离开的时候了。

这次 Perlumi 已经不需要那么费力接近了，她只是轻

---

1 摘自：萨特《文字生涯》(沈志明译，人民文学出版社，2018 年)。

轻歪着头靠在玻璃上。天使和巴布就翻开肚皮蹭着玻璃游过来，张开嘴吱吱叫，又在附近转了个圈。Perlumi 的嘴就没停过，"你怎么那么开心呀？舍不得我走是不是？手机没偷看够是不是？看到什么要保密知不知道？"一直念念。

白鲸是一夫一妻制的动物。讲解员不怀好意地跟阿狗说："求婚的时候，要再来哦，我帮你们拍照。"在很多人看来，这是对忠贞爱情和不渝婚姻的美好寓意，可惜对阿狗无效。

"呵呵，早着呢，再说吧。"因为阿狗知道这对 Perlumi 同样无效。

浪漫主义的爱情观和怀疑主义的爱情观是两个人决定在一块儿之前就同仇敌忾过了的。他们既没将爱情简化成浪漫邂逅之后的一帆风顺，也无意摆出一副世事洞明的态度，将爱情复杂化成精致的计算。

他们或许会部分认同类似：两个人的爱，可以看作"最小的共产主义单位"[1]这样的说法。他们愿意在遇到彼此之后，将自己的某些私人事务让位于两个人的公共事务。

---

[1] 摘自：巴迪欧《爱的多重奏》（邓刚译，华东师范大学出版社，2012年）。

Perlumi 看重自我且热爱拒绝，阿狗回避矛盾且克服不了讨好。他们用截然不同的方式经验着世界，或者说他们面对如何在这个世界上尽量舒服地存活下去，有各自的一套真理模式，并已经花了三十年的时间让自己独立成了一个井井有条的大人。对于两个无神论者来说，双方的真理模式无法得到任何来自上帝视角的衡量：是否一方较另一方更为先进。他们本可以按照各自的模式继续平行生活下去，直到一个"事件"突如其来：他们相爱了。

事件的发生让一些原本无法归类的东西变成了一个集合。假如餐桌的表面就是这个世界的全部：上面摆着一条清蒸鱼、一支笔、一根香蕉和其他一些什么东西。如果单说想用一个什么集合把这三样包含进去，水果吗？那清蒸鱼和笔算什么？菜品吗？那笔和香蕉算什么？这时候突然发生了一件事，旁边的一杯水洒了，同时泼在了清蒸鱼、笔和香蕉上。于是它们组成了一个新的集合：被水泼到的。

爱情就是事件。两套真理模式相撞了，但它们不会完全融合，而是一种相互依赖，又不断在差异中相互靠近的存在。差异性不会和解也不会消失，因为只有这样才能对对方保有吸引力，是一段关系中良性互动的基础。但同时，对对方付出忠诚也是必要的，于是这段关系才能逐渐融解隔阂，达到持存的状态。

在阿狗和 Perlumi 看来，爱情的确是需要双方为磨合差异性而做出努力的，但这种努力不必过于艰苦。也就是说，他们愿意相信当下的坦诚，"此时此刻，我是爱你的"；却排斥承诺永恒，排斥将生命中的偶然强迫成必然。

实际上他们也并非否认愿意付出生命去守护的那种矢志不渝的爱情是存在的，也愿意相信那些说自己一生只爱一个人的榜样们是真心的。他们只是不相信这种事也会同样发生在自己身上罢了。总觉得从能量守恒的角度来讲，那可能要集中消耗掉生命中太多太多的幸运，他们宁愿这些幸运分散一点，在更多的事情上面，让生活不只是艰涩，也能偶有甘甜。

阿狗和 Perlumi 还有个共同点，都对关于"某种动物的智商相当于几岁小孩"这样的描述相当不屑。因为他们都是人类中智商普普通通的存在，也可能中等偏下？反正 Perlumi 从初中开始化学就没及格过。阿狗更不堪，报了三个月的数学班，上到第二个月老师坚决劝退，并不惜开出全额退还学费的条件。高考前阿狗慈祥伟大的中文系母亲觉得是时候败家一次了，于是给他安排了一对一教学名师辅导，一千五百块一个小时。晚饭时，阿狗勤劳朴实且成绩优异的工科男父亲闻此噩耗，大惊失色，抗议要求必须旁听一节课，他希望起码保有对自己家庭的财务动向的监督权。于是他真这么做了，并懊悔不已。他背着阿狗跟太太说："媳妇儿，这钱花得值啊！人家老师哪是在教课，简直是在遭罪啊！有些题目连我都看出答案了，咱儿子还问老师为啥呢。"

对于阿狗和Perlumi这种从未在智商这种优良品质上捞过任何红利的人类loser来说，很难让他们理解人类的智商凭什么可以成为衡量动物智商的标尺。这或许是一件很容易被理解的事儿吧，对那些相对聪明的人类来说。

哦对了，离开白鲸区的时候，Perlumi还哭了一下下，在阿狗眼里是特别善良的温柔。他递给她一张纸巾，是心相印的。他用这个牌子的纸巾很多年了，因为小时候看过的一个广告，从此在超市的"日常生活用品区"节省了很多时间。

"小朋友，你们知道海的那边是哪里吗？是我们的宝岛台湾。"

"那台湾的小朋友为什么不过来和我们一起玩呢？"

"因为隔着海呀！"

"用心相印把海水吸干，他们就能过来玩了。"

他喜欢老师删繁就简的回答，也欣赏小朋友愚公移山的解决方案。

这就是渣子虎口中阿狗"白瞎了"的第一个晚上。

至于第二个晚上，还是跟海有关。

从垦丁坐高铁到高雄，然后飞到澎湖。为了试试当渔民。

四月不算是小管丰盛的季节，但钓那么多反正也吃不完。

小管是鱿鱼的一种，在广东也叫"吹筒仔"。一个手掌大小，外形细长，通体透明，梳着爆炸头；像开了瘦脸特效的、没被砍去缨子的白萝卜。

阿狗和Perlumi登上了一艘专门夜钓小管的观光娱乐船，船的侧面绑了很多灯泡，用来吸引小管，钓竿也架好了。笨拙的两个人忙活了半天，颗粒无收。不对，是收获了短短的当渔民体验。其实，船家早就在渔船后面下了网打捞，等到要收网叫大家来看惊喜。现捕的小管有三种吃法：生吃、煮熟和下面线。阿狗和Perlumi要了两碗面线。

小管切成小拇指粗细的一条条，鲜味被水淀粉裹住，混入面线汤中，浓稠又均匀，像是未经稀释的原汁。好大一碗，两个人端着坐在甲板上的角落里，用遇热还有点变形的小塑料勺，分着吃。这让阿狗想到日剧《孤独的美食家》的开场白："不受时间与社会的约束，幸福地果腹的时刻，那短暂的时光，他变得随心所欲，自由自在，不被任何人打扰，也不用顾虑任何事，这享受美食的崇高姿态，可以称得上是平等赋予现代人的，最佳疗愈。"但他觉得此刻的自己比五郎大叔还要幸福，因为陪伴在身边的，刚好是不会打扰彼此各自享受孤独的人。

又是晃晃悠悠的一晚。后来Perlumi跟阿狗说，这两个晚上让她觉得自己，回家了。

家？什么是家呢？下了班同事说："走啊，出去喝点儿？""不去了，累了，回家。"是这个意义上的家吗？那么阿狗掰着指头算了算，大学期间跟人合租过，工作之后也换过不少居所。如果，家指的是某个空间场域的话。但这显然不是Perlumi的意思，水生馆和观光娱乐船也并不比出租屋更接近"家"。

那么"家"是指家人吗？至少有一部分是吧，但不完全。中式婚礼有个环节叫"改口茶"，但依着阿狗不足为凭的见识，许多新郎新娘在叫出对方父母"爸爸妈妈"的时候，场面很难讲不尴尬。毕竟在此之前，称呼和被称呼的双方也未见得比素昧平生热络多少。那至亲呢？总该是这世上让人最引以为家的归属了吧？那么孤儿和父母早逝的人，难道就不会有回家的感觉了吗？

抬了半天杠，废话而已。阿狗当然知道 Perlumi 说有回家的感觉，既不是指要当个渔民住在船上，也不是深情委婉地告诉阿狗，她已然把他看作至亲。他不需要她解释就知道她想表达的感觉是什么，虽然她和他都未必真的知道那到底是什么。

或许，那就是人的终极归宿以及意义源泉吧；或许，那就是存在本身吧。因为如果我们把着力点放在将"家"具化上，无论是地点还是人，恐怕都会随时间消亡，如此一来，无家可归的感觉便再无排解的可能。幸而我们中的大多数，也无意将"乡愁"偏执地凝结于此。"哲学是真正的思乡，一种随处都要回家的冲动。"[1]

我们渴望回到的"家"，是世界这个整体本身，或者说是我们在世界这个整体中的存在。是此时此刻，活生生的我们，用以对抗死亡的动力；对抗终将被虚无消解掉一切意义的根由。

Perlumi 在那样的两晚上，是安定的、享受的、不想离开的。山巅也好海底也罢，身旁是蓝矾菇也好雪驼也罢，让她如此留恋的，那就是"家"了。"立于大地之上并在大

---

[1] 引自：德国浪漫主义诗人诺瓦利斯。

地之中，历史性的人类建立了他们在世界之中的栖居。"[1]

在船上吃面线的时候，阿狗给 Perlumi 讲了自己听到她说要去非洲流浪，直接想到要拎哪个行李箱，而不是该不该辞职和她一起的事。Perlumi 笑了。她跟他说，其实她也有这样一个特别明确的瞬间意识到自己喜欢上这个男孩了。就是有次她和店里的其他同事玩真心话大冒险，被问到喜欢的男孩的微信头像是什么颜色的。游戏而已，Perlumi 在聊天对话框里往下滑到阿狗的头像，看了一眼，说是褐色的。然后突然她就闪现一个念头，如果他的头像是绿色的就好了。因为未读消息左上角的提示数字是红色的，如果头像是绿色，就会非常显眼。有时忙了很久没看手机，一堆未读消息，她真希望在长长的列表中，能有一下就看到、片刻就惊喜的感觉。那为什么不设置成聊天置顶呢，不是更显眼吗？因为怕忍不住一直发信息，直到承认，喜欢也是忍不住的吧。

两个人相互扶持、彼此分担、漫无目的地用四肢行走在从高雄到台北的广阔天地间，他们还共用一套消化系统，邀请以下这些食物在身体里驻足停留，它们是：饶河夜市

---

[1] 摘自：海德格尔《艺术作品的本源》（孙周兴译，商务印书馆，2002年）。

的胡椒饼、胡须张的卤肉饭、微热山丘的土凤梨酥(不加冬瓜)、新东阳的肉纸、高雄木瓜牛乳大王、淡水阿给、永康牛肉面、快车肉干、炸弹葱油饼、红豆牛奶冰、大肠包小肠、小卷米粉、药炖排骨、鳝鱼意面、大肠面线、生炒花枝、乌梅番茄、辣椒芭乐、柠檬爱玉、膨化肉圆、姜母鸭、盐酥鸡、蚵仔煎、猪血糕、棺材板、甜不辣、担仔面、车轮饼、四神汤、卤味、(花生)麻薯、黑松沙士,以及,东吴大学食堂的当归汤……

这些小吃就像是在外逃窜已久的嫌疑人,终于因色味俱佳的证据确凿,被缉拿归案。还有的店,明明是第一次去,却分明吃出了遥远记忆里让人怀念的味道。对于这样的个别分子,阿狗和 Perlumi 只能以礼相待:连续几天,点遍菜单。

"春水堂"在台北有很多分店,大都开在新光三越这样的商场里,但阿狗和 Perlumi 去的是中正店。从中正纪念堂捷运站出来,会看到仿明清殿堂式建筑的音乐厅和戏剧院,分立在自由广场两侧,春水堂就在音乐厅的一楼。今天他们点了一杯招牌冰珍珠奶茶、一杯冰翡翠柠檬茶和一杯茉香冻饮,一碗花雕鸡汤面线、一碗麻香梅花肉面线和一碗五香素面,一盘茶香高丽菜、一盘金菇豆皮和一盘塔香杏鲍菇，一碟乌龙豆干米血、一碟卤四季豆和一碟三沾小麻吉。菜码很小，三个人吃，分量刚好。

怎么是三个人？对，还有一位是 Perlumi 的闺蜜：鲜桂圆[1]。鲜桂圆和 Perlumi 是大学室友，毕业之后工作了两年就辞职到东吴大学念研究生了，两个人关系好得很。初次见面，阿狗挺紧张，多少有点被"娘家人"面试的意思。

饭后三个人晃晃悠悠在自由广场上闲逛，一直往前走，就到了中正纪念堂。蓝顶白底，正面有84级花岗岩台阶，晚上被照得通亮。攀爬利于消食，三个人拾级而上，怡然自得。

只是阿狗真的没想到，台阶上面埋伏着一只预备试探性撕咬的鲨鱼，他和 Perlumi 的信任，危。

台阶顶部的露台视野很好，可以俯瞰整个自由广场以及周边的街道建筑。鲜桂圆指指点点地尽着地主之谊，颇有点"家中没统帅，小将开轰趴"的意思。毕竟她对眼前这一切的了解也不过一年而已。

融洽的气氛戛然而止，急转直上成亢奋。原因是露台

---

[1] 纯属虚构鲜桂圆（XGY）这个绰号。肯定与"徐国益，身份证号：52×××"没有任何关系。

另一侧，一位中年男人打电话的声音搭着晚风该死地飘了过来。

"好的 A 哥，下期嘉宾就定 B 少了，C 姐那边我去联系。"

这是三个对阿狗来说毫无意义的名字，他只觉得男人的声音好难听，不是那种让人舒服的沙哑，喉咙像是砂纸一样粗糙刮人。Perlumi 大概略知一二，但也没什么明显反应。可是鲜桂圆却如饥似渴地从中汲取到了一吨的信息量：这个人是台湾娱乐界的大佬，手眼通天那种。

他口中的 A 哥是台湾著名访谈节目 D 的制作人，制作人不是主持人，算幕后，所以，知道 D 节目的制作人是 A 哥这件事的人，大都是这档节目十年以上的老粉。巧了，鲜桂圆刚好就是。

接下来，阿狗眼中出乎意料的一幕就发生了：鲜桂圆拉着 Perlumi 上前搭讪。阿狗实在不屑于此，便远远站着等个结果。结果，结果更加匪夷所思。鲜桂圆迅速确认了对方的高级身份，并相约一起夜游台北。Perlumi 半推半就地摆手叫阿狗过来，阿狗才看清楚男人的装扮：乱蓬蓬的蒜瓣头，枯瘦，金色细边眼镜；牛仔裤运动鞋，触屏卡顿的手机。

阿狗除了跟着一起，别无选择。

一行人以"2-1-1"队形列阵排开，鲜桂圆和大佬男走在最前面，七十分贝的广播式聊天。Perlumi走在两个人缝隙后方，插科打诨，长长知识、吃吃瓜。阿狗走在两米开外，刷刷消息，拍拍夜景和女朋友背影。

"看到那边那栋楼没？歌手E就住那，他妈妈住他楼上。好多粉丝在楼门口堵，其实人家都是从地下车库直接就上楼了。"

"天啊，我真的好喜欢他啊！到台湾第一个月就是跑去打卡了他在综艺里提到的夜市摊。"

"那些都是节目安排的，没什么。他真正爱吃的是华西街的'青蛙下蛋'，绝对古早味，以前下了节目我们经常约着一起去，还不错吃，等下带你们去尝尝。"

"太好啦！我们现在就去吧！吃E同款夜宵去！咋样咋样？阿狗，走啊？"

"啊，行！我陪你们。"

过捷运站的闸机，大家纷纷拿出悠游卡。阿狗和Perlumi的是在便利店随意买的，卡面画着两只台湾黑熊；鲜桂圆的是东吴大学的学生卡，印着照片和学号；大佬男的悠游卡……卡面是一张日本著名AV女优F的照片。

Perlumi掐了一下阿狗的胳膊，不出声，惊讶地指给他看，阿狗心领神会，惊讶"+1"。让阿狗和 Perlumi 惊讶的，不是女优的美艳，他们俩要更庸俗一点，这张卡很值钱！

也就是昨天要么前天早上吧，酒店房间的电视放着东森新闻台，阿狗坐在床的西北角刮胡子，Perlumi 含着电动牙刷坐在东北角。新闻是关于一起争议事件的："请 AV 女代言悠游卡惹众怒，台湾四大超商及地铁拒卖。"新闻说台湾悠游卡公司不顾台北市政府的反对，发行以日本 AV 女优为卡面的悠游卡，但是这事儿还没完，知情人士举报说悠游卡公司报出的发行数量和实际的市场流通数量有两百张的差额，怀疑是用于贿赂政府官员作为礼品赠送了。那么实际流通出来的部分呢，因为本来也属于限量款，经黄牛们一折腾，每张售价二百台币（含一百台币押金）的优悠游卡在二手交易平台上的价格已经高达二千五百台币。

"大哥，您这卡很特别啊！我们在新闻上看到了。"阿狗凑前一步。

"你很懂哦兄弟！喏，送你。"大佬男刷过闸机，直接把卡递给阿狗，露出长长的小拇指指甲，镶一小圈黑边儿。

"别别大哥，这怎么好意思！"

"哎哟，这种东西我随便可以搞到，多的是。拿去拿去。"阿狗见推不过，就接了过来，和 Perlumi 摆弄了一下，很稀罕，甚至说有点儿兴奋都不为过。

可是为什么呢？实用属性上来说，他们不缺捷运卡啊，审美属性上来说，也没多欣赏吧。

原来，绑架也分主动被绑和被动被绑两种。别想歪，主动被绑也未必只发生在私密场合，那起码还是自知的；在不自知的广阔天地里，一条反复抉择去向的凤尾鱼最终特立独行地找到了自己偏爱口味的食物，畅游在自由之域。和它一起的还有成千上万被上升补偿流催生的浮游生物所吸引的鳕鱼、金枪鱼、沙丁鱼。它们中的每一条都自以为作了很个性的选择，可选来选去却和别人选的并无二致。到头来变成高中地理书中一段五百字的描述：秘鲁渔场的形成原因。是的，正是伟大的它们组成了著名的秘鲁渔场。在洋流明目张胆的暗箱操作中，它们徜徉在虚假的自由中。在这件事儿上，阿狗和 Perlumi 怕不就是鱼族吧？

所以这种兴奋和那种感觉不一样：就是盛夏出浴换上冰爽棉睡衣，皮肤像是刚下过雨的森林，每一个毛孔都蹦跳着等待被丝滑地抚摸，这是触觉。

这种兴奋和那种感觉也不一样：就是有一次阿狗和 Perlumi 睡到傍晚起来，两个人的肚子连同冰箱都空无一物，Perlumi 看电饭煲里还有点剩饭，就地取材地加了点白糖和白醋拌匀,然后拆开一袋榨菜切碎,随手捏了几个榨菜饭团,没想到味道无比丰富……

"我发现你还真是能凑合,做什么给你都吃这么香,被你打败了真是。"Perlumi笑嘻嘻地嫌弃阿狗。

"那你知道我为什么能立于不败之地吗?"

"我不想知道!"

"因为我能吃出幸福感。哈哈哈。一个人要是感到幸福,你用什么方式都打不败他的。"

"是不是傻?"

沁着咸甜的酸,夹着脆脆的软糯,路数很野的团子,这是味觉。

这种兴奋和那种感觉还不一样:有个周末阿狗和Perlumi去镇江吃锅盖面,入夜之后到始建于六朝时期的西津渡古城散步,那天刚下完小雨,石板台阶有点滑,两个人走得很慢。两侧的店铺卖肴肉和桂花糕的居多,夹着一间叫"古月楼"的不起眼小店,是卖小木剑、铁皮青蛙和玻璃弹珠一类"70后"童年玩具的,阿狗和Perlumi倒是没什么共情。不过门口铺了一片小人书摊,在《三毛流浪记》《郑板桥罢官》和《红楼梦故事》旁边,有几本《丁丁历险记》。阿狗小时候学过几天美术,乔治·勒米的画法是他的漫画启蒙,尤其爱《蓝莲花》。他为一个比利时人的中式审美击节称赏。虽然那天的摊位上没有这本,但他还是把摆出来的全都买了,然后往前走几步找了个茶坊,坐下来兴高采烈地一本接一本跟 Perlumi 白话,这是视觉。

以上,在既有的经历中,触觉、味觉和视觉都能带来兴奋的感觉,可是这样的感觉都和两个人对女优卡表现出来的兴奋不一样:前者是根植于真切的生命体验的,而后者……更像是在看一场与自己的本真生活并不相关的表演。

他们在新闻里认识它;从社交平台上知道它稀少又流行;于是当它出现在面前时,他们就像被操控一般表现出着迷。看上去它是以图像的方式出现的,可是如果这个图像不是通过媒体宣传预先根植在阿狗和 Perlumi 的认知中,他们或许对它全无感觉,所以此刻他们的兴奋到底源自何处?是真实的吗?

毋宁说,是一种"景观"。"在被真正地颠倒的世界中,真实只是虚假的某个时刻。"[1]

女优卡,是一种通过图像作为中介而建立的社会关系。悠游卡公司生产出一个新产品,无论是故意选了"女优"

---

[1] 摘自:德波《景观社会》(张新木译,南京大学出版社,2017 年)。

这个有争议性的题材也好，或是政客们恰逢时机的闹剧也罢，总之这一切都使这件产品"被看到了"。在新闻上、在社交平台上，这场表演无处不在，随时上映。

媒体，有中立的吗？而阿狗和Perlumi，手无缚鸡之力，没有反抗、谈不上否定、来不及批判，只剩默默观看的份儿。这种关系，不太客气地说，是独裁。来自景观的独裁。

被统治久了，观看者越来越分不清图像和真实的界限，他们开始越来越远离自己的切身体验；于是越来越难确定什么才是个人的喜好，什么才算个性。

幸好阿狗和Perlumi并不经常围观这种"景观"，何况就算是"景观"的忠实观众也非常容易被甩在身后。毕竟景观，是最喜新厌旧的了。

这张卡是个伏笔，晚点再说。

还有个伏笔，在站台等捷运来时的一段对话：

"你怎么连A哥是节目D的制作人都知道？你看节目D好久了吧？"大佬男问鲜桂圆。

"当然了！我是节目D的十年老粉了！"鲜桂圆很骄傲。

"那你们想不想去录制现场当观众？"

"真的可以吗？观众是选出来的吗？"

"你们都认识我了,我跟 A 哥说一声就好。留个电话号码给我吧,录下期的时候我叫你们。"

"我就算啦,我跟男朋友是来度假的,马上就回去了。"Perlumi 塞了一句。

"我留我留!我把我电话给您。"

"那就这么定了!"

然后一行人就从捷运绿线中正纪念堂站上车了,坐两站到西门站,转板南线一站,从龙山寺站出来。走没多远就到了华西街夜市。这是台湾第一座观光夜市,入口处的传统宫殿式牌楼绚烂放肆。摊位摆得很密,人也不少,鲜桂圆走在大佬男和 Perlumi 中间,三个人挤在一起。阿狗在后面两三米,互相说话基本听不清。路过什么小吃就买一点,竹签插着,一会儿给阿狗递过来一口,吃得断断续续、疙疙瘩瘩。

芒果冰贵一点,两百多台币一碗;不过跟佛山禅城的那家余时生奶冰比可差远了,人家的海盐芝士芒果冰特别"牛奶"完全不"冰",碗里堆出小山尖儿的芒果,底下还有现炸的脆脆芋头丝……喜欢新鲜感的人普遍念旧,阿狗单指他自己。烤肠就只要三十台币一根。几乎都是大佬男付的钱,这很奇怪。不是说另外三个人没去抢单,实在是大佬男比他们熟悉环境，东西都是他点的，递出去的钱数量刚好到不用找零。加之聊天气氛又这么好，金额呢，也算不上还不起的人情，阿狗也没多想，就想着如果后面碰到贵一点的东西，他就提议点一份，尽量一次性把前面零零碎碎的花销还给人家吧。

但这个机会并未抵达，几百米长的夜市就到头了。

"《艋舺》看过没？电影取景地龙山寺就在附近，想去晃晃吗？"大佬男装作漫不经心地提议。

"好呀好呀！感觉'meng ga'（艋舺）和'ou wa jian'（蚵仔煎）这俩词，在大陆，非得是我们这代人，看过台湾偶像剧和电影的才能听懂。你说对吧？"鲜桂圆热情回应，为印证自己的资深，还特意向 Perlumi 征求意见。

"还真是！以前看港片总觉得古惑仔们应该是那种穿西装、皮衣，动不动就掏枪的，看《艋舺》里那种戴浴帽炒菜、穿人字拖儿溜达的，还觉得挺新鲜。"Perlumi 也被调动了。

大佬男轻描淡写抛出的话题，精准打穿防线，回忆杀最为致命。

"意义是三小，我只知道义气！"Perlumi 接着说。

"对对！这台词我也记得！那时候的男二 G 可太帅了！"

"不过黑帮在台湾算是合法的吗?"

"那完全取决于你问谁。"

……

以上对话是在阿狗前方两三米,以他不知情的方式发生的。他被通知到的信息简化成:我们现在要步行去著名旅游景点"龙山寺"了。

龙山寺坐落在万华区,寺庙兴建于清乾隆三年(1738)。"万华",原来叫"艋舺",是台北市的原初地。"艋舺",是从平埔族的原住民语音译过来的,意思是独木舟和独木舟聚集的地方。码头,商业兴盛,风云际会,于是便有了"角头"。"角头"就是很有地缘情结的黑帮组织,守着经济发达的一亩三分地,没太大兴趣扩张,和四处开设分堂的组织型帮派不一样。所以在电影《艋舺》中,"庙口"的太子才会被"后壁厝"的打手们追得破马张飞,按地界划分,各管一摊。

寺庙不收门票,前殿、大殿、后殿和护院合起来组成一个"回"字形。龙山寺被称为"众神的集今所",观世音菩萨、妈祖、四海龙王、十八罗汉、山神、土地公等众位神佛都可以在这里友爱共处。

大佬男引领着从前殿逛到后殿,然后停住,后殿的左后方供奉着"月老神君"。

"你们知道这个月老庙有多灵验吗?这是全台湾香火最旺的,明星H和明星I来拍戏都特意来这边拜拜。我觉得你们不管是单身的还是有男朋友的,都可以拜拜,求根红绳。"

"好啊,我还单身呢!说不定真能交好运!"鲜桂圆说。

"心诚则灵!不过不能在这里求,这里都是给游客的。我认识住持,我去帮你们求。不过前面有个流程要你们配合。"

"您说。"

"要你们每个人把钱包里面值最大的台币交给我,我拿进去贴在殿门上转三圈,然后交给住持,帮你们加持过之后装在红信封里。我再取出来还给你们,还有三根红绳,记得要绑在手腕上,等它自行脱落。"

阿狗和Perlumi都是无神论者。又或者,在某些时候气氛渲染到位了,他们也会有点泛神论者的倾向?

印度电影《我的个神啊》是他们俩一起看的,非常喜欢。片中的外星人PK,他并不是反对信仰,也同意信仰能带给苦难中的人以希望,但他只是在形式上尝试过了伊斯兰教、基督教、佛教、印度教、耆那教、锡克教之后,发现这些都是"拨了错误的号码"的人造神。他说我们对真正的"造物主"一无所知。

又或者有一种可能，造物主就是宇宙本身。因为如果我们同意自己与造物主之间遥遥相隔，那么就不得不接受必须通过"中间人"来联络，面对他们关于超出我们经验范围的描述，公说公有理，婆说婆有理，哪一种才是真正的宗教？真让人头大。

但是如果同意造物主就是宇宙，也是万物，那我们每个人本身既然作为宇宙的一部分，也同时就是造物主的一部分。"神，我理解为绝对无限的存在，亦即具有无限多属性的实体，其中每一属性都各自表现无限永恒的本质。"[1] 如此一来，神就内化在我们可以经验到的生活中，而不是外在于我们，需要借助其他条件才能与之相通。

片中PK买了一个纯手工制作的小神像，把它当作可以联系到神的通信设备，结果求了它半天也没有结果。于是他找回卖给他的摊位：

"这不会是个残次品吧？"

"不，我手艺是完美的。"

"你是创造神的人？"

"没错，纯手工打造。"

---

[1] 摘自：斯宾诺莎《伦理学》（贺麟译，商务印书馆，1998年）。

"你创造了神,还是神创造了你?"

"所有人都是神创造的,我们只是做出他的雕像而已。"

"那要神的雕像有什么用?"

"这样就可以向神祈祷。"

"这里面是装了什么通信设备吗?我们要怎么跟神沟通呢?"

接着PK要求摊主给他的神像更换电池,认为一定是神像没电了,联系不上神,神才不理会他的请求的。

"神才不需要什么通信设备,他能听到一切。"

"如果他能听到一切,那还要这些雕像干吗?"

"你想砸我们生意是吧?你脑子有病吧?"

PK作为一个由人拍摄的电影中的外星人角色,他的视角其实也让很多无神论,或者说唯物主义者有些共鸣。

阿狗和Perlumi会在看完类似主题的电影之后有些讨论,并不会经常思考。但总之,如果要说他们对某一具体宗教有信仰,比如上帝,比如妈祖,那倒是没有。所以路过旅游景区,什么拴锁系红绳之类的,被朋友推搡着也没那么排斥,娱乐项目嘛。

台币的最大面值是"2000",但真没几个人钱包里备着。花起来不好找零,再说真要付这么大金额,刷卡不就行了。翻了半天,三张面值"1000"元的台币被毕恭毕敬交到了大佬男手里。

"你们就在这等我回来啊!可能有点慢!"

此时是晚上九点半,距离关门还有半小时,寺庙里依旧人头攒动,大佬男的头就在人群中攒着攒着不见了。

事情既然发展到这里,我们就要算笔账了。站在大佬男的角度,支出:夜市芒果冰四碗,八百台币;烤肠四根,一百二十台币;其余七七八八的一千台币,共计约二千台币(四百元人民币)。收入(如果小人之心认为他卷钱跑了的话):三千台币(六百元人民币)。也就是说,扣除所有跟"人"有关的时间、精力、知识获得、愉悦感或不耐烦;到这里为止,大佬男两个半小时结余二百元人民币。

接下来,就是于阿狗屋脊六兽,于鲜桂圆充满希望的等待……从门里等到街边;从九点半等到十一点。

"要不咱别等了吧?已经很晚了,再晚捷运都要没了。"阿狗忍不住建议。

"是啊,要不咱走吧?反正他不是留了你的电话吗,看我们不在应该会打电话的吧?今天太晚了。"Perlumi敲了敲边鼓。

"捷运最后一班几点来着?要不再等等吧,人家回来发现我们走了多伤心。"鲜桂圆不想走。

阿狗开始不爽了,生理上自己累了一天,心理上心疼女朋友。他叹了口气,那口气像是在口罩里循环了一圈,然后,口罩收紧,顺势变微热……

"我觉得他就是走了啊,这个庙也没那么大吧,他去哪找人需要一个半小时啊?"

"那还不许人因为什么事耽搁了啊,人家花了一晚上时间陪咱们,好心好意地去帮咱们办事,多等会怎么了?"

"那他可也没白陪!可是拿了三千台币走的。"

"你这么说也太没良心了吧?你的意思是人家是骗子呗?那你怎么不算算人家请咱吃东西花的钱呢?人家那么大个人物,折腾一晚上就为了赚你一百多块钱是吧?"

"你怎么知道他是大人物了?骗子难道不会包装自己的吗?"

眼见着闺蜜和男朋友剑拔弩张了,Perlumi赶紧维护和平:

"哎哟,咱就这样,再多等十五分钟,行不?他要是回来了最好,没回来咱也赶紧上捷运。"

"那你们先走吧,我自己等。因为我觉得这根本不是等多长时间的问题,是做人的问题!人得说话算数吧。再说了，人家要是骗子，犯得上答应邀请咱去节目 D 当嘉宾吗？犯得上送那么贵的捷运卡给你吗？你见过这么算不明白账的骗子吗？"

"行，就不管他是啥，咱能不能理智一点，都等到这个份儿上了，也够意思了吧。你那么替他想，你跟他很熟吗？但 Perlumi 总算是你朋友吧，我也算是熟人吧，我们这俩大活人陪了你这么久，你就不能替我们也想想？"

"朋友？就因为是朋友你们才应该没有怨言陪我等着不是吗？朋友之间难道不应该互相付出吗？到底是我没拿你当朋友，还是你没拿我当朋友啊？"

"那么你觉得，什么样的两个人算是朋友？"

"最起码的，要两个人都愿意为对方付出。不能一个只负责奉献，另一个只顾着自私，友谊得有来有往，相互的吧。当然了，要是两个人都自私呢，那肯定也成不了朋友了。"

"听明白了，就是说两个自私的'坏人'是当不了朋友的，必须得是两个都爱付出的'好人'才能当朋友对吧？那我倒想问问你，一个人能愿意为别人付出，他是不是首先得能自足？一个人要是都能自我满足了，你说他还需要朋友？'当朋友出现时，他们相互之间又毫无用处，究竟是什么理由使得这类人彼此珍惜呢?'[1]"

"不不不,那我换个说法,我们最多就是比较独立,但还达不到自足,行吗?比如每天晚上我都自己回家没问题,但今天晚上我就需要朋友陪陪我行不行?"

"当然可以了!也就是说,平时你觉得朋友是很相似的两个人,都爱为对方付出。但是今晚呢,今晚不一样,今晚你觉得朋友是需要对立的,是一方奉献另一方自私才可以实现,对吧?"

"那又怎么样?就是因为今晚很特殊不行吗?难道我们平时每天晚上都会遇到你所谓的'骗子',遇到自己解决不了的事儿吗?"

"可以。我能不能这么理解,平时生活中我们遇到的事儿呢,要么是好事儿,要么是既不好也不坏的事儿,要么是坏事儿。今晚巧了,遇到的……起码现在来看,算坏事儿了吧。在遇到前两种事儿的时候呢,有没有朋友在,反正也还好。但是一旦遇到坏事儿,那朋友可就能帮大忙了。你交朋友,挺功利啊。朋友得有用呗。"

"你大爷!你少在这挑拨离间!朋友有用有什么不对?

---

1 摘自:柏拉图《吕西斯》(贺方婴译,华夏出版社,2020年)。

朋友有用不是很正常的吗?如果这你都接受不了,那你说,你为什么交朋友?"

"好,既然你这么虚心请教,那我可就说了。在我看有三种友情:第一种是对彼此有用的人能当朋友,但是这种朋友呢,互相喜欢不是因为对方本身有多好,而是互相能从对方那得到好处。第二种也差不多,就是对方未必有用,但是有趣,即便他人品不咋地,但是能把人逗笑,也行,也能当朋友,因为谁不想多点快乐呢。这两种友情不是不好或者不对,只是它们都很偶然。因为,'那个朋友不是因他自身之故,而是因能提供某种好处或快乐,才被爱的'[1]。这样的友情,一旦哪一方没用了,或者不逗了,那不是分分钟就翻船了?有用这种东西可不持久啊。年轻的时候,在酒局上交朋友不就是这样,今晚喝大了看着彼此可开心了,一桌子都是朋友。明天清醒了,这哥们谁啊?"

"你该不会想说我和 Perlumi 是这样的朋友吧?我俩认识十年了。你们才在一起多久?你算老几啊?"

"你也不用这么激动,我知道你们当朋友很久了,所以

---

[1] 摘自:亚里士多德《尼各马可伦理学》(廖申白译,商务印书馆,2003年)。

我确信你俩身上一定有特别相像且美好的品性，换句话说，你俩都不是那种自私自利、利用朋友的人，不然不可能这么多年关系这么牢固。"

"那你还在这废什么话呢？就这么大点儿事儿，跟我俩的感情相比，算个屁啊。"

"这事儿是不大，能大到哪去呢？不过就是再浪费俩小时呗，捷运没了打车呗，和你们感情相比，几百台币又算啥。但我想说的是，在这件事情上，你确定你期望 Perlumi 为你做的，还有她虽然没那么舒服，但依然为你做了的，是出于友情而不是出于善良吗？一个人在成为任何别的什么人的朋友之前，首先得是自己的朋友吧，得善待自己吧？'一个人怎样对自身，就会怎样对朋友。'[1] 所以两个人要当朋友，不能靠付出善良来维系，平等的友情应该是共同做一件彼此都想完成的事，而不是……"

"行了，够了！你说累了没？我听累了。走吧，我不等了，满意吗？"

鲜桂圆扭头就大步流星地往捷运站的方向走，Perlumi

---

[1] 摘自：亚里士多德《尼各马可伦理学》（廖申白译，商务印书馆，2003 年）。

小跑着追上去，径直路过阿狗，没搭理。阿狗摘下口罩，大喘了几口气。他没想这样的，其实。

他中间简直烦透了自己的"滔滔不绝"，他甚至觉得在Perlumi面前对她的朋友这样"斤斤计较"相当没有礼貌，他差一点就把口罩扯下来了。不管口罩召唤出的是哪位哲学家，他都觉得它过分了。阿狗没那么激进的，那种东风压倒西风的权力欲他没有的，其实。适可而止，不卑不亢，别太憋屈，就很好了，其实。

阿狗想起大学时第一次在西班牙跨年，跟当地的同学约好，一起去马德里的太阳门广场上吃葡萄。这是西班牙人的传统，新年倒数的钟声会敲十二下，每敲一下要吃掉一颗葡萄。对于葡萄，阿狗有点研究。西班牙是欧洲首个无籽葡萄生产国，超市里有很多无籽的青提、红提和黑提品种，嘎嘣脆。其中有一种青提叫"棉花糖葡萄"，阿狗平时吃得不多，太甜了。但他听说，跨年那天吃葡萄寓意着下一年甜甜蜜蜜，所以特意买了一串，挑了十二颗看起来圆圆满满的，装在纸杯里备餐。

在那之后的一年，阿狗过得不温不火，但无论如何都跟跨年那天的葡萄无关，因为他根本没在12秒之内完成任务。那晚广场上跟葡萄较劲的人很多，原则上有两种吃法：

要么嚼咽的速度够快，一秒解决一颗；要么腮帮子的柔韧度够强（参见含着花生的松鼠），塞满十二粒再一起解决。但无论采取哪种吃法，大家都有一个基本共识：选的葡萄要够小，对，它叫阿莱多，一个没那么甜但够小粒的葡萄品种。阿狗在上半场狼吞虎咽三颗之后便失去了节奏，惊慌地参观其他人云淡风轻的表演。那是年复一年累积的经验。而经验，不过就是所有的错误之和。

从第一次戴上口罩怼人，那个人是他关系最瓷实的哥们儿渣子虎，还记得吧？怼完之后的两个多月俩人都没什么联系，也不是什么具体的矛盾，就是别别扭扭的。还有他在巴黎怼的那位甲方；后来有一个特好玩儿，他特想去的书展，在外地，结果甲方带了坐他对面刚来出版社一周的实习生一起。再加上这次，哎呀，虽然 Perlumi 也没指责他什么，但是连从他身边经过都能带着一股寒气，总归不是两个人感情里的加分项吧。

关系中的芥蒂，从无到有，中间夹着太多个如果了。哲学家们逻辑顺畅，言辞犀利，可如果那句话别讲得那么硬，下一句话别跟得那么紧……很多次阿狗都在想，理性穷尽的地方，感情要何处安身？

跨年很重要，所以要吃掉的葡萄一定得是最好吃的；

可生活里，真有这么像实验室的蒸馏水一样不被杂质搅和的事儿吗？如果是个如假包换的哲学家，可以直奔真理而去，那么附着粘连的个中牵绊都不过只是杂质，清理干净之后，就变成了矮子进高门，再不必低头。

可惜阿狗只是个短暂的哲学家嘴替，一向憋屈的他必须承认自己是有点儿享受怼人的过程的，但却承担不了后果。"我是真的要怼她/他吗？"对阿狗来说，这个问题越来越变成个问题。他甚至觉得自己很委屈，几度想把口罩的事和盘托出，这样就可以澄清，有些话他真没想说那么狠。可转念又舍不得，压抑这么久的释放居然也可以用毫不声嘶力竭的方式，体面而不留情面地反击所有人。

阿狗感觉到这样大幅度的摇摆让他里外不是人，几次三番过后，连最朴素的成就感和虚荣感都日渐式微了。阿狗跟在鲜桂圆和Perlumi身后，走上捷运站入口的下行扶梯，他攥紧拳头，把真话藏在掌纹里没吭声，狠狠拍了一下楼梯扶手，算是告诉它了。

扔了个垃圾

本来就不能永远在一起还不天天在一起。

——王朔《新狂人日记》

小区的分类垃圾箱形同虚设，阿狗算是讲究人了，每次起码把厨余垃圾提前装好袋。有了哲学家召唤口罩之后，阿狗再没戴过别的口罩了。出门三大件——手机、电梯卡和口罩，固定配置。该说不说，这口罩的自洁功能属实过硬。

从台湾回来，阿狗"清净"了好一阵子。跟渣子虎和Perlumi的关系，中规中矩，缺个台阶。没有什么实质性矛盾，还不就是之前戴上口罩之后说的话有点"不是人"，气氛尴尬到那了。后面虽然也维持日常联系，但总觉得缺那么个破冰事件。肯定都还是彼此相当重要的人，也没严重或者幼稚到改变关系，兄弟还是兄弟，女朋友也没变心，但总觉得较着劲，憋着口气，挺微妙的。

再来就是，阿狗刚戴上口罩那段时间不是觉得特有安全感么，恨不得本来没什么斗嘴机会，都得硬把脸朝着人家定在那儿，尤其是那次意外过后，生怕口罩识别不出来他想怼人了。但是最近，他总是目光闪烁，见人都不敢脸对脸了，生怕口罩的识别功能过于敏感，本来没想怼人的，一张嘴，得嘞，又得罪一个。

口罩成了负担。本想体验下快乐如斯，到头来狼狈周章，破灭了。这口罩真"渣"，阿狗心里抱怨。表面挺真诚，就是压根没想负责任。口罩讲出来的话，多数很客观，就跟描述个冰放水里会融化的物理现象一样，平铺直叙。所以它也不是对谁有敌意，当然也不是谄媚另一方，怎么说呢，淡淡无情吧，主要是无情。

阿狗从小就喜欢把卧室的窗户全部打开，让风，路线顺畅地溜达进来，然后在地中间铺一块地毯，躺在上面，看云彩。看不了一会就睡着了。不是要看很久。自足的感觉是睡着的前一秒在看云彩，不知道睡了多久，睁开眼睛发现还是在看云彩。人得多自私啊，不满足的时候希望世界能为他改变；满足的时候又盼着自己再怎么耍花样，世界还在原地温柔等着，一成不变。

阿狗觉得他得变了。也可以说他不能再变下去了。口罩让他换了张嘴，哪怕长着那张嘴的是什么璀璨的哲学大家，可是成为他们就意味着首先要放弃自己。阿狗做不到了。并不是因为他觉得自己讲出来的话比这些人更幽默或是更温柔，他知道自己也常讲些不好听的话，但是因为长久以来他对自己付出的耐心和忍让,让他已经学会了和自己全部的焦虑、恐惧、暴躁、低情商和平共处;至少他能预判自己即将发生的情绪变化,可是对这些哲学家,这些表面冷静的哲学家,他可做不到这些。他被吓出一身冷汗,不少次。

口罩这个秘密,就像是高中教室后门上的、班主任爱趴在上面监督自习的、窄窄一小竖条儿的、洁净度不是很高的那块——玻璃。透过它,阿狗模模糊糊地窥视到了另外一个世界。那其实不是另外的世界,他当然知道那就是他正在生活的世界,但那又不完全是他的世界。换一套方式解释世界,就需要换一套方式讨好自己。对阿狗来说,舒服的生活,是一个生态系统,不是一个真理系统。

你可以端庄点说,于阿狗而言,口罩是一颗孕育中的种子;或者激进点说它是一枚定时炸弹。存在于意识中的也是事实,即便阿狗再不去实践它,它也依然作为阿狗的一部分,于是作为这个世界的一部分存在着。

阿狗走到垃圾桶旁边,和以往的每一次丢其他垃圾一样,没多任何一点迟疑地摘掉、扔掉了口罩。他走到离小区门口最近的超市,想在一进门的收银台旁边买两包新口罩。他随手拿了一袋纯黑色的,然后抬头看见远处的货架上有一包花里胡哨印着龇个大牙搞怪表情的,"消费主义的陷阱",阿狗脑袋里嗡的一下闪过这么个词儿,然后他就乐了,跟老板说:"麻烦再帮我拿一包那个,一共多少钱?"他用手机拍了张口罩的照片,发给 Perlumi:"逗吗?明天给你送去,中午想吃啥?"

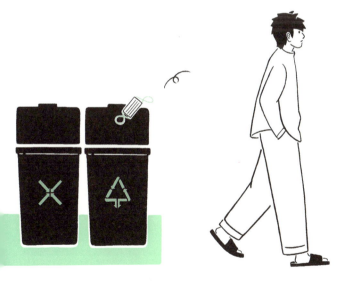

"阿狗,就是困住你的人的名字。"[1] 两个修剪平润的指甲插进干草堆,夹出一枚铜牌,上面刻着这句话。山谷中,响起啧啧声。(未完待续)

---

[1] 致敬《黑鸟》:"梁衍,就是杀死你的人的名字。"

附 记

书名咋起的？

大概十年前吧，我关注了一位目前已经断更两三年的微博博主，她家里养了一只红色葵花鹦鹉（注意！这种鹦鹉被列入世界自然保护联盟濒危物种红色名录——易危。不要乱养）。那只鹦鹉主意特正，具体表现就是事儿事儿落不下。比方说它喝水不爱用自己的碗，而是要抓着茶壶往嘴里倒；它吃甘蔗爱站在垃圾桶边儿上，啃完的渣子可以吐在塑料袋里；它每天早晨会跟男主人一起站在镜子前面，一只爪踩在洗手池沿儿上，另一只爪握着牙刷塞进嘴里……

我能知道这些当然要感谢那位博主精心拍照并配以解释性文字；而她愿意把这些剪裁调色好的杰作发出来，自然也是因为喜欢喽。是双向的喜欢：鹦鹉喜欢跟着人学动作并享受其中，所以姿态调皮；博主喜欢看到鹦鹉不嫌弃周围的两脚兽，愿意融入这个家。

可是鹦鹉没有牙啊。它知道自己没有牙吗？它理解刷牙这个动作是要干什么吗？如果它知道了自己没有牙，也知道了刷牙要刷的是牙，它还会愿意做这个动作吗？

太自作多情了，我知道。鹦鹉才用不着我替人家想。是我太想找个由头替自己想想，才对人家鹦鹉刷牙念念不忘。

《鹦鹉暂停刷牙》这个名字是在这本书写了差不多一半的时候决定的。戴上"哲学家召唤口罩"之前的阿狗，对内自认倒霉，对外没什么态度，比较好欺负，然后发生的事大家都知道了。丢掉口罩之后，阿狗显然也不会变得多么伶牙俐齿，对外还是很好欺负，但是对内……被一群哲学家借了嘴狂喷这一通，可未必还那么自认倒霉了。

所以假设啊，有那么一个人，就比如说是阿狗的某位同事吧，他压根不知道口罩的事，也不在被口罩攻击过的对象之列；但除了假期，他每天都跟阿狗有工作上的沟通，也偶尔扯扯闲篇儿。你觉得，如果你问他："在你看，阿狗这三四个月有什么特别明显的变化吗？"他会怎么回答？反正要我猜，我觉得他会说："没有啊，啥变化？不还那样吗？"如果说，这位同事是外在于阿狗的，或者说，是阿狗为了和谐的人际关系而时常需要克制一部分自我去讨好的他者，那么站在他的立场看，前口罩时代的阿狗和丢弃口罩之后的阿狗未必变了。

可是对于洞明全过程的阿狗而言呢，自己又未必没变。口罩带给他的是一种沉浸式的旁观，一种并不源自他的，更为冷静的，解释世界的方式。你当然可以说，这种方式有逻辑，挺理性；但你也绝对阻止不了有人把它理解成冷血，不近人情。这些人或许还不占少数，这倒没什么，要命的是，他们可能是你最亲近的人，他们为你付出了大量情感，以没那么冷静的，解释世界的方式。

这些情感未必是负担，但起码是背负。久了会僵硬，更会习惯，于是不再能觉察到僵硬。可一旦短暂卸下，并且是知道可以随时挽回、随时复原的那种卸下，就会有种起飞般的、解脱的感觉。阿狗就是这样的。讨好别人总是容易一些，和讨好自己相比。

"鹦鹉暂停刷牙"是一种假设，一种"要是可以，真想试试"。只要男主人还有刷牙的习惯，鹦鹉大概率不会停止模仿，更谈不上暂停。阿狗……在这件事儿上拥有了这星球独一份的机会，是幸运还是不幸呢？咱不替他判断。但至少可以肯定的是，他深刻地经历了一次超越了必然性的偶然偏斜。这种戴上口罩之后的偏斜是片刻的，但按照口罩使用说明，他其实也可以一直用下去，只是……

如果你是那只鹦鹉，有天你突然知道了自己没牙还学人刷牙很滑稽,你会再不刷牙了吗?还是会才没刷几天,就放弃纠结有牙没牙的问题,重新拿起牙刷,只为享受跟男主人的早安时光?

哲学是爱智慧的,是追求真理的。但爱到什么程度呢?或许也因人而异。当然可以爱到希腊人的程度,他们"为哲学作了一劳永逸的辩护……甚至到了风烛残年,他们的举止仍然像是哲学的热血弟子……"[1]但如果像阿狗这样小小地、浅浅地爱一下,也未尝不可吧。暂停刷牙的鹦鹉和戴上口罩的阿狗多少有些高傲,甚至有点咄咄逼人。如果他们赖以为生的幸福感尚且不存在于对真理的追求中,可能不过就是和谐舒适的人际关系,较为健康长寿的身体,被身边的人爱而不是被远在百年之后的读者爱。那么,继续假装刷牙和丢掉让自己显得智慧的口罩,也算是平凡生活里的英雄壮举了。

"余生皆假期。"

书中对阿狗所经历的每一个情节的设计,其实背后都由一个我自己十分困惑,又终不得解的问题支撑着:一个

---

[1] 摘自尼采:《希腊悲剧时代的哲学》(周国平译,北京十月文艺出版社,2019年)。

人究竟是如何被另一个人深刻影响的？

或许用一位前辈很偏爱的形容方式来说，就是"牧童遥指杏花村"。经由范晔老师的翻译走到科塔萨尔，以及拉美文学那儿去；经由止庵老师的《受命》，走到写小说最重要的技巧——视角那儿去；经由郝云老师的《艳阳高照》走到是摇滚亦可以民谣的音乐风格那儿去；经由乌啦啦老师的"爷真美"走到别太咋呼，好好吃饭的淡定幽默那儿去；经由华天走到奥运会里唯一男女同场竞技的项目那儿去……兴许对很多人来说，牧童固然重要，但他们所指向的那个世界才是力量涌动的地方。

可对我来说，却有些相反。杏花村固然重要，可我去过之后，反而更加关心牧童是怎么知道那儿的，他常去吗，他站在这儿给人指路多久了？就像后来书架上有了全新的十卷本《萨特文集》，可我最习惯翻开的还是二手买进的安徽文艺出版社版《萨特戏剧集》。

回到问题：一个人究竟是如何被另一个人深刻影响的？如果是这本书想给出的一个答案，我会说：他只是在你的附近做他自己而已。

在附近很重要，做自己也很重要。在这本《鹦鹉暂停刷牙》中，我试着把两种方式的影响交叉拍在阿狗身上。

他和渣子虎交换过的书，他看过的电影，以及口罩召唤出的哲学家都是来自远处的影响，它们决定了阿狗所认知的世界不至于多狭隘。不过，引起他自我怀疑、不满，以至于触发口罩启动的直接动因却都来自周遭。来自声音仅通过空气就直接传达到他的耳朵、目光没有对着摄影机也不需要蒙太奇就直接撞在一起的那种，周遭。暂时想不出自己是任何什么既成观点的"原教旨主义"者，只是单纯觉得，在所谓的"元宇宙"尚未彻底践行之前，人，甚至说是人的肉身，怎么可以离另一个人那么远呢？

再有，无论是"190"黑人还是树懒收银员，他们不过在按照自己的行事逻辑处理生活中的一件小事。在事情发生的一瞬间刚好出现在场景里的是阿狗，当然也可以是别人，谁都行。但兴许必须得是阿狗，或是拥有跟他一样敏感神经的人，才没法让这些小事白白发生。只能说，和关心新闻里的远方相比，阿狗更擅长聚焦在身旁。

作为作者，我身边无疑也有深刻影响着我的人。他们言说的东西指向远方，但他本人却偶尔现身附近，这是当下我非常享受的学习状态。但这种学习依然是外在的，内化了多少还需要较为漫长的时间，才能不断让变化明晰。短暂拥有"哲学家召唤口罩"的这段时间里，在阿狗身上所发生的就是来自远方和附近影响的整合。扔掉口罩是他必然的选择，否则整个故事就仅仅是在向某些了不起的哲学家致敬，然后彻底倒向他们。要么把事情想明白一点，要么亲身去试试，大概就会接受，还是做自己舒服。

牙刷是为刷牙生产的。跟大多数的物品、规律或是系统一样，创建、维护、捍卫它们的人有自己的目的。但幸好人还有一样东西叫自由，起码是相对的自由，没长牙未必不能刷牙，所谓"大家"的想法，仅仅对销售者才有意义。大家是谁啊？有人跟大家很熟吗？

哲学在哪儿呢?

我猜啊,这本小书出来至少会有一个标签与"哲学"有关。可是这本书里除了有几处引用来自哲学著作,几乎全篇没提过一位哲学家的名字,那么哲学在哪儿呢?这并不是阴阳怪气的讽刺,是非常真诚的发问。

我在做一个播客叫"懒得讲理"。有一期请来的嘉宾是一位天文工作者,我跟他分享了个经历,说有时候去一些非工作圈(没有其他哲学从业者)的聚会,酒过三巡,聊起件什么事儿,总会有人 cue 我:"来,黄金狗,你从哲学的角度给我们分析分析!"如果我说件什么不顺心的事儿,也时常收获"哎呀,黄金狗,你说你一个学哲学的,还有啥想不开的"这样的安慰。我问他有没有类似的经历,他说会看到一些鸡汤文里写:"当你仰望苍穹时,就会感受到宇宙的浩瀚和自身的渺小,就会觉得自己在乎的名利得失不值一提。"他说看星星时心情特别好是真的,但房贷还款日那天的腻味也不假。我说我也觉得。这么讲好像一堆学哲学的在一块儿就能凑出个极乐乌托邦一样，没啥排解不了的。实际情况呢，文章还发不发，副教授还评不评，全是烦恼。

要是从柏拉图那儿论，借助预先存在的真理概念，我们就能从事物的显像中抽身出来。要是从笛卡尔那儿论，真理没有什么客观的预设和保证，我们得对真理直接作主观陈述。要是从康德那儿论，对真理作主观陈述还得有些可能条件。好像那些特别厉害的，能续着哲学史搭出自己体系的哲学家都很擅长揭示出什么，而揭示的前提就是要对之前哲学家所认为的理所当然提出挑战，怀有野心。

这种野心在我看来特别珍贵。我其实会在一些师长同事同学那里察觉到，就是在他们一谈起最近的研究，眼睛锃亮、闪着星星的时候。或者也可以叫作学术抱负？我特别敬佩，也特别羡慕。因为那不是说一位学者对待学术有多认真，没那么简单。那是一种跃跃欲试的兴奋。

他得觉着自己正在研究的部分，甭管是哪个门类哲学的哪个分支，或是哪位哲学家哪本著作中的哪个具体概念；除了梳理、阐释之外，自己还能做得更多。他得相信自己能把既有问题或理论再往前面推一推，并且确认那对后来的研究者会是非常重要的。

于是我会说,哲学在这些让我敬佩的赵某某钱某某孙某某李某某的扎实的论文里,也在我们每次聚餐上菜前,那些愿意不停给大家推荐新文献的互相抢话里。这无关乎最终他们的译著销量是多少,文章的转载率是多少。就像《受命》里的冰锋,会因为一个似是而非的指甲印搭进大半辈子去复仇,对他自己而言,一开始最重要的当然是复仇的结果,因为那是他为当下每一个动作赋予意义的根据;可再往后结果也没那么重要了,总之得把这件事儿做完。如果作为旁观者再站远一点看呢,他愿意把复仇这件事背在身上,已经算孤胆英雄了,哪怕是悲剧英雄呢。

说到底,我觉着这不是什么普遍的现象,而是单个人的个性。"我们必定永远喜爱和敬重的东西,后来的认识不能从我们心中夺走的东西,那就是伟大的人。"[1]尼采是这么想的。若说哲学最摄人心魄的部分,哲学家的个人魅力完胜哲学体系的力量。但若说个性,有人有野心,就有人毫无野心,比如我。但即便毫无野心的人,也可能还有点不甘心,比如我。

---

1 摘自:尼采《希腊悲剧时代的哲学》(周国平译,北京十月文艺出版社,2019年)。

作为一个以念哲学为职业的学徒,所谓研究谁,不是要代言谁,也不是为了打击谁;那都太偷懒了,做不了很久的。那么不甘心又是什么呢?对我来说,就是一件事情发生了,不值得计较,但也别那么容易过去。认准生活中的一些细节,用知道的那点儿哲学当钻头,一直往下一直往里,钻到地心去;钻出个洞,到能看见这件事的反面去。"一个人自以为自己在坚守什么或追求什么,其实都是在打发时光。只是找自己最满意的方式。"我比较信这个。要我看,哲学就在那些能说服自己的片刻里边儿,可太难了,也太厉害了。

最后的最后，偷一首小诗当作落款日期：

建议所有的城市向所有的城市弹窗。

所有人向所有人弹窗。

所有的树木向所有的树木弹窗。

所有的道路向所有的道路弹窗。

所有的建筑向所有的建筑弹窗。

地球向月亮弹窗。

太阳向地球弹窗。

昨夜向今晨弹窗。

十月向十一月弹窗。

爱情向空气弹窗。

子弹向共同体弹窗。

诗歌向酒弹窗。

波浪向远方弹窗。

请你永远向我弹窗。

——杨全强